書下ろし

鬼剣(きけん)逆襲

介錯人・父子斬日譚⑦

鳥羽 亮

祥伝社文庫

目次

第一章　門弟の傷

1

「入身右旋、参る！」

狩谷唐十郎が声を上げ、腰に差した刀の柄に右手を添えた。そして、腰を沈めて、居合の抜刀体勢をとった。

入身右旋とは、対峙している敵の右手に踏み込み、体を敵にむけざま抜刀して斬る技のことである。小宮山流居合では、入身右旋と呼んでいた。

唐十郎がいるのは、神田松永町にある狩谷道場の中だった。唐十郎の相手は、師範代の本間弥次郎である。

居合の稽古のため、真剣を使うことが多い。

道場の中には、唐十郎と弥次郎しかいなかった。ふたりは門弟たちとの稽古を終え、道場から門弟たちを送り出した後、自分たちの稽古をするために、門弟のいない道場で稽古を始めたのである。

「若師匠、敵と思ってきてくだされ！」

弥次郎はそう言って、一歩身を引いた。

唐十郎と弥次郎との間合は、三間ほどある。稽古中、唐十郎が弥次郎に斬りつけるようなことはないが、それでも、間合は十分に取らねばならない。唐十郎は居合の遣い手ではあるが、真剣を使っての稽古なので、思いもしないことが起こるかもしれない。

「おおッ！」

唐十郎は声を上げ、刀の柄に手を添えたまま右手に踏み込んだ。次の瞬間、唐十郎は体を旋回させるように弥次郎にむけ、鋭い気合とともに抜刀した。

シャッ、という刀身の鞘走る音がした次の瞬間、唐十郎の手にした刀の切っ先が、弥次郎の肩の手前から胸の辺りにかけて斬り下ろされた。一瞬の斬撃である。

咄嗟に弥次郎は身を引いたが、すこし遅れた。だが、唐十郎の刀の切っ先は弥次郎の体には触れず、二、三寸離れた場の空を切った。唐十郎は弥次郎を斬らないように、踏み込みを浅くしていたのだ。

「若師匠、お見事！」

弥次郎が声を上げた。

「いや、まだ駄目だ。この場に父上がいたら、刀を抜くのが遅い、と言ったはずだ」

唐十郎は刀を鞘に納め、苦笑いを浮かべて言った。

唐十郎の父親の名は、狩谷桑兵衛。道場主にして、小宮山流居合の達人である。ただ、老齢のため、近頃は道場の裏手にある母家にいることが多かった。唐十郎や門弟たちの稽古を見に来ることも、滅多になかった。二十代になった嫡男の唐十郎が、狩谷道場を引き継いだことになっている。

「師匠は、お変わりないですか」

弥次郎も、このところ家に籠っている桑兵衛と顔を合わせることがなかった。

「元気だ。……ただ、道場で稽古をするのは、無理だな。下手に木刀を振り回したりすれば、腰がたたなくなる」

唐十郎が、道場の裏手の方に目をむけて苦笑いを浮かべた。

「たまには、道場で師匠に稽古をつけてもらいたいが、無理のようですね」

弥次郎が小声で言った。

そのときだった。表の通りから、道場に走り寄る足音が聞こえた。ふたりらしい。ひどく慌てているようだ。

足音は道場の前でとまり、表戸を開ける音がした。そして、土間から「お師匠！　おられますか」と上擦った声が聞こえた。木島という名の若い門弟の声である。木島は半刻（一時間）ほど前、稽古を終えて道場を出たはずだった。

「何かあったらしいな」

唐十郎は足早に戸口にむかった。慌てて、弥次郎がついてきた。

道場の入口の土間に、木島と長谷川という名の門弟が立っていた。ふたりは走ってきたらしく、肩で息をしている。

「どうした！　何かあったのか」

唐十郎が、ふたりに目をやって訊いた。

「た、大変です！　……門弟の青田が」

木島が声をつまらせて言った。脇に立っている長谷川は、荒い息を吐きながら足踏みしている。

「青田が、どうした！」

唐十郎の声が、大きくなった。青田は門弟のひとりだった。唐十郎は、道場帰りの青田の身に何かおこったとみたのだ。

「斬られました！」

長谷川が、身を乗り出して言った。

「斬られただと！　場所は、どこだ」

唐十郎は、すぐに土間へ下りた。このまま、青田の斬られた現場に駆け付けるつもりだった。まだ、青田が道場を出てからそれほど時間が経っていないので、遠方ではないだろう。

唐十郎につづいて、弥次郎も土間へ下りた。

「和泉橋の近くです」

木島が、戸口で足踏みしながら言った。すぐにも現場にむかう気なのだろう。

「現場に連れていってくれ！」

唐十郎は、木島につづいて道場から外に出た。弥次郎も、その後につづいた。

木島と長谷川が先に立ち、唐十郎と弥次郎が後についた。

唐十郎たち四人は、御徒町通りを南にむかった。いっときすると、前方に神田川にかかる和泉橋が見えてきた。橋のたもとに、人だかりができている。その人だかりのなかに、吉川という名の門弟の姿が見えた。吉川も、帰るとき青田や長谷川と一緒だったので、その場に残ったのだろう。

唐十郎たち四人は、人だかりができている場にむかって走った。

人だかりのなかにいた吉川が、唐十郎たちを目にして立ち上がり、

「ここです！」

と声を上げ、足元を指差した。青田がその場に横たわっているらしい。

唐十郎たち四人が走り寄ると、集まっていた男たちが慌てて身を引いた。唐十郎たちのために、場所をあけたのである。

青田は、仰向けに倒れていた。苦しげに顔をしかめ、ハアハアと荒い息を吐いている。左肩から胸にかけて小袖が裂け、血に染まっていた。傷は深いらしい。

「しっかりしろ、青田！」

唐十郎は声をかけた後、その場にいた弥次郎、木島、長谷川、吉川の四人に目をむけた。そして、青田の出血をとめなければ助からないことを口にし、「手拭いか包帯になるような布があったら、出してくれ」と言い添えた。

だが、その場にいた唐十郎たち五人は、手拭いも布も持っていなかった。道場から慌てて駆け付けたので、手拭いや布を持ってくることなど思いつかなかった

のだ。

　すると、弥次郎がそばにいた木島に、「俺の左袖を切りとってくれ」と言って、左腕を突き出した。

　木島は戸惑うような顔をして、その場にいた唐十郎たちに目をやった。門弟の木島は、師範代である弥次郎の袖を切り取るわけにはいかなかったのだろう。

「俺がやる」

　唐十郎が刀を抜き、切っ先で、弥次郎の左袖を切り取った。そして、木島にも手伝わせ、袖を帯状に裂き、青田の傷口にあてがって強く縛った。帯状にした布にも血が滲んできたが、多少出血は収まったようである。

「青田、出血が収まってきたぞ。これで、命にかかわるようなことはない」

　唐十郎が、はっきりと言った。

　すると、青田は表情をやわらげ、

「あ、ありがとうございます」

と、声をつまらせて言った。

　唐十郎のそばにいた弥次郎も、顔に安堵の色を浮かべている。

　唐十郎はあらためて青田の肩や胸に目をやり、「青田、立てるか」と訊いた。

無理をしなければ、家まで帰れるとみたのである。

「立てます」

そう言って、青田はゆっくりと立ち上がった。そして、唐十郎たちに改めて頭を下げると、

「お師匠たちの御陰で、命拾いしました」

と、涙声で言った。

唐十郎は、青田、吉川、木島、長谷川の四人に目をやり、

「青田をこのような目に遭わせたのは、何者だ」

と、小声で訊いた。

ただ、唐十郎の双眸には、刺すような鋭いひかりが宿っている。

青田たちはすぐに口を開かず、お互いの顔を見合っていたが、

「な、何者か、分かりません。道沿いに立っていた三人の武士のうちのひとりが、いきなり斬りつけてきて……」

青田が声を震わせて言った。

「そやつらの顔を見るのは、初めてか」

唐十郎が訊いた。

「いえ、二日前にも、三人のうちのひとりを、この辺りで見掛けました」

青田が小声で、三人のうちのひとり、長身の武士が路傍(ろぼう)に立って、通りかかる者たちに目をやっていたことを話した。

「その男は、誰か探していたのか」

「探していたというより、通りかかる武士に目をやり、跡(あと)を尾(つ)けたり、近くを通りかかった者に、話を聞いたりしていました。……それがしも気になって、翌日、話を聞かれた者に、どんな話だったか訊いてみたのです」

青田が、その場にいた男たちに目をやって言った。

「どんな話だった」

唐十郎が、身を乗り出して訊いた。

「それが、剣術道場のことらしいのです」

「剣術道場だと！」

唐十郎の声が、大きくなった。

「はい……」

「どこの道場だ！」

唐十郎が、声高(こわだか)に訊いた。

「俺たちが通っている道場のようです」

「なに！　狩谷どのの道場か」

弥次郎が、そばに立っていた唐十郎に目をやって言った。

「は、はい」

青田も、唐十郎に顔をむけた。

「そやつ、俺たちの道場を探っていたのか。それで、門弟たちが通りかかるのを待って、この場で強引に話を聞いたらしいが、いったい何のために、道場を探るようなことをしていたのだ」

唐十郎が、険しい顔をして言った。

次に口を開く者がなく、その場が重苦しい沈黙につつまれると、

「いずれにしろ、このままにしてはおけんな。何か手を打たねば、これからも門弟が襲われるぞ」

唐十郎が言うと、その場にいた男たちが頷いた。

3

翌日、唐十郎は稽古を終えた門弟ふたりが道場を出るのを待ち、

「後から俺も尾けていく」

と弥次郎に声をかけた。ふたりの門弟の家は、神田川にかかる和泉橋を渡った先にある。唐十郎は、ふたりの門弟と弥次郎の後方から和泉橋のたもとまで行き、三人を襲う者たちがいたら駆け寄って捕らえ、話を聞いてみるつもりだった。相手の出方によっては、その場で斬り合いになるかもしれない。

唐十郎はひとり、すこし遅れて道場を出た。御徒町通りの先に、弥次郎とふたりの門弟の姿が見えた。ふたりの門弟は、古株の佐々木(ささき)と茂山(しげやま)である。ふたりとも、弥次郎の先にいた。弥次郎とは、すこし間をとって歩いている。

唐十郎は、弥次郎たちの背を見ながら歩いた。弥次郎のすこし前を行く佐々木たちにも気付かれないように、半町ほど間を取り、道沿いにある武家屋敷や樹陰(こかげ)などに身を隠しながら跡を尾けた。

弥次郎の前を行く佐々木と茂山は、和泉橋のたもとまで来た。そして、左右に

目をやった後、橋を渡り始めた。不審者は、いないようだ。

弥次郎と唐十郎は、小走りになった。橋を渡った先の柳原通り（やなぎわら）は通行人が多く、佐々木と茂山を見失う恐れがあったからだ。

柳原通りには、様々な身分の老若男女（ろうにゃくなんにょ）が行き交っていた。通り沿いには、武家地がすくなかったこともあり、町人の姿が目についた。

佐々木と茂山は柳原通りに出ると、目の前に広がっている武家地に足をむけた。そこは広い地ではないが、武家屋敷が並んでいた。

佐々木と茂山の家も、その武家屋敷のなかにある。佐々木が先にたち、武家屋敷の間の狭い道に入った。

唐十郎と弥次郎は、別々のまま佐々木と茂山の跡を尾けていく。

他に、佐々木たちの跡を尾けている者は、いないようだった。

岩本町（いわもとちょう）と呼ばれる狭い町人地を隔（へだ）てて武家地が広がり、武家屋敷がつづいている。

前を行く佐々木が、武家屋敷の前で足をとめた。御家人（ごけにん）か小身（しょうしん）の旗本の屋敷である。佐々木の家らしい。

茂山は佐々木が屋敷の表戸を開けて入っていくのを見てから、その場を離れた。そして、茂山は武家屋敷の並ぶ道をひとりで歩いていく。茂山の住む屋敷も、この近くにあるのだろう。しばらくすると茂山はひとりの武士に話しかけられた。

茂山と武士は並んで歩きながら何やら言葉を交わしていたが、やがて武士は踵を返して去っていった。

「茂山に、話を聞いてみるか」

唐十郎はそう呟いて、小走りになった。近くに武家屋敷があることから、青田を襲った武士たちも、この近くに住んでいるのではないかと思ったのだ。

唐十郎に追い越された弥次郎も駆け寄り、「茂山!」と声をかけた。

その声で、茂山は足をとめて振り返った。茂山は、小走りに近付いてくる唐十郎と弥次郎の姿を目にして、路傍に足をとめたまま動かなかった。

茂山は、唐十郎と弥次郎が近付くのを待ち、

「な、何か、ありましたか!」

と、声をつまらせて訊いた。道場主と師範代が家の近くまで追ってきたので、ただごとではない、と思ったようだ。

「い、いや、ちと、訊きたいことがあるだけだ」

唐十郎が、苦笑いを浮かべて言った。

「何でしょうか」

茂山は、いくぶん表情を和らげたが、まだ緊張している。

「いま、何者かに話しかけられたが、何か訊かれたのか」

唐十郎が、おだやかな声で訊いた。

「この近くに入門できる剣術道場はないかと訊かれ、それがしの通う狩谷道場を薦めましたが、居合道場と知ると興味なさそうに去っていきました。そういえば……」

茂山はすぐに言ったが、語尾を濁した。首を捻っている。何か、気になることがあるのだろう。

「何でもいい。気になることがあったら、話してくれ」

唐十郎は、茂山に知っていることを喋らせようと思った。

「ただの噂ですが……」

茂山が小声で言った。

「噂でいい」

「この通りの先にも武家地が広がり、そこに剣術道場がありました」

茂山が、南方に広がる地に軒を連ねている武家屋敷を指差して言った。小身の旗本や御家人の屋敷が多いようだ。

「俺も、この辺りの武家地に剣術道場があると聞いた覚えがある」

唐十郎が言うと、そばにいた弥次郎がうなずいた。

「三年ほど前、道場の門を閉じ、今はそのままになっているはずです」

茂山が、唐十郎と弥次郎に目をやって言った。

「道場主は」

すぐに、唐十郎が訊いた。

「詳しいことは知りませんが、かつての道場主が道場の裏手にある母家に住んでいる、と聞いたことがありますが……」

茂山は再び語尾を濁した。はっきりしないのだろう。

「道場主の名は」

唐十郎が訊いた。

「佐川源之助という名です」

茂山は、名を口にした。

「佐川源之助か。……聞いた覚えがあるぞ」

唐十郎が言うと、そばに立っていた弥次郎が、「俺も、聞いたことがある」と、小声で言った。

「噂には続きがあるのですが……」

茂山が、小声で言った。

「噂の続きとは」

唐十郎が、話の先をうながした。

「近いうちに、古い道場を壊し、新しい道場に建て直すと聞いたことがありますが……」

茂山はやはり語尾を濁した。ただの噂で、確かなことは分からないのだろう。

「道場を建て直すには、金がいるぞ」

唐十郎が言った。

「その金のことですが、神田須田町（すだちょう）にある呉服屋の主人が、佐川に金を都合してくれると耳にしました」

「呉服屋の主人が、剣術道場を建てるための金など出すまい」

すぐに、唐十郎が言った。

「噂ですがね。……呉服屋の主人が佐川に娘を助けてもらった礼に、道場を建てるための金を融通するそうです」

「どういうことだ」

唐十郎は首を捻った。佐川が呉服屋の主人の娘を助けたことが事実だとしても、それだけで剣術道場を建てるための金を融通するということが、腑に落ちなかった。呉服屋の主人が、剣術道場と何か深いかかわりがあるとは思えなかったのだ。

「聞いた話だと、呉服屋の娘がならず者たちに取り囲まれ、人前で裸にされそうになったとき、たまたま通りかかった佐川が、ならず者たちを追い払い、娘を助けたそうです。それが縁で、呉服屋の主人は、ならず者や遊び人に因縁をつけられ、店の金を脅し取られそうになると、佐川に頼んだそうです」

「佐川は、呉服屋の用心棒か」

呉服屋が剣術道場を建てるための金を融通する理由がこれで分かった。佐川が、店のために手を貸してくれることへの礼であろう。それに、呉服屋の大店なら、それほど無理をせずにまとまった額の金も融通できるはずだ。

佐川は道場を建て直すためにも、以前門弟だった者や近くに住む武家の子弟などを門弟として集めたいのだろう。それで目をつけたのが、狩谷道場ではないか。

狩谷道場の門弟の多くは、稽古のために佐川道場に通える地域内に家屋敷がある。狩谷道場の門弟たちが、今後、佐川道場に通うようになれば、道場としてやっていけるだけでなく、佐川源之助の名も高まると思ったにちがいない。

唐十郎が口を閉じたまま考えをめぐらせていると、

「これから、どうします」

茂山が訊いた。

「佐川の思いどおりには、させぬ。……そのためにも、佐川の指図(さしず)で動いている者だけでなく、佐川自身も追及せねばなるまい」

唐十郎が、語気を強くして言った。

4

「ともかく、佐川道場を見ておくか」

唐十郎が、その場にいた茂山に目をやって言った。

「この先です」

茂山が先に立った。

茂山につづいて、唐十郎と弥次郎が通りの先にむかった。

付近は武家地でなかったので、道沿いにある蕎麦屋、一膳飯屋などが目についたが、通りの南方に広がる地には、武家屋敷が軒を連ねているのが見えた。その辺りは、武家地になっているらしい。

「その蕎麦屋の脇の道に入ると、武家地になっています。佐川道場も、その武家地にあります」

茂山はそう言って、蕎麦屋の脇の道に入った。唐十郎と弥次郎は、茂山の後についていく。

そこは狭い道だったが、武家地らしく道沿いに御家人や小身の旗本の住居と思われる武家屋敷がつづいていた。

唐十郎たちは、二町ほど歩いたろうか。先に立って案内していた茂山が、路傍に足をとめ、

「あれが、佐川道場です。道場の両脇に、板塀が巡らせてあります」

そう言って、半町ほど先にある建物を指差した。

「剣術の道場らしいな」

唐十郎が、道場を見つめて言った。

道場の出入り口にもなっているはずの建物の表は、板戸が閉められていた。建物の両脇は板塀で、剣術道場らしい武者窓もある。

「道場は、静かだな。誰もいないようだ」

弥次郎が言った。

道場はひっそりしていた。竹刀を打ち合う音や気合はむろんのこと、人声や足音も聞こえない。

「近付いてみるか」

唐十郎が言い、通行人を装って道場に足をむけた。

この辺りのことにくわしい茂山が先に立ち、唐十郎と弥次郎はすこし間をとって歩いていく。

茂山は、道場に近付くと歩調をゆるめた。そして、唐十郎と弥次郎がそばに来るのを待ち、

「道場には、誰もいないようです」

と、小声で言った。

「そうらしいな」

唐十郎も、道場内には誰もいないとみた。物音や人声はむろんのこと、人のいる気配もない。

「どうします」

茂山が、唐十郎に目をやって訊いた。

「道場の裏手に、母家があるな。母家には、誰かいるはずだ」

唐十郎は、佐川の家族や下働きなどが、母家にいるのではないかと思った。唐十郎の道場の裏手にある母家にも、父親の桑兵衛や下働きがいる。

「母家に行ってみますか」

弥次郎が小声で訊いた。

「そうだな。せっかく、ここまで来たのだ。裏手にある母家も覗いてみよう」

唐十郎が言うと、茂山と弥次郎がうなずいた。

唐十郎たち三人は、道場の脇にある小径に足をむけた。その小径をたどれば、裏手の母家にも行けそうだ。

唐十郎たちは道場の裏手まで来ると、小径に足をとめた。そして、母家に目をやった。母家は平屋だったが、間口が広かった。何部屋もあるらしい。

表戸は閉まっていたが、家のなかに誰かいるらしく、足音や障子を開け閉めするような音が聞こえた。

「誰かいるな」

唐十郎が、声をひそめて言った。

「庭の椿の陰に身を隠しますか」

弥次郎が、母家の前の狭い庭に目をやりながら言った。家の戸口からすこし離れたところで、椿が枝葉を繁らせていた。

「あそこなら、家のなかの声が聞き取れるな」

唐十郎が言い、足音をたてないように母家の戸口にむかった。その後に、弥次郎と茂山がつづいた。

唐十郎たち三人は、椿の樹陰に身を隠した。三人が身を隠すには狭いが、家のなかからなら見えないだろう。

「家にいるのは、ひとりらしいな」

唐十郎が小声で言った。

家のなかからは、廊下を歩く足音につづいて、障子を開け閉めするような音が聞こえただけで、後は静かだった。何者か分からないが、座敷に腰を下ろして、何かやっているのだろう。

唐十郎たちは、しばらく音をたてないようにして、家のなかの様子を窺って
いたが、姿を見せる者はいなかった。
唐十郎たちが、その場に身を隠して小半刻(三十分)ほど経ったろうか。樹陰
に身を隠していることに痺れを切らした弥次郎が、
「様子を見てきます」
と言って、椿の陰から出ようとした。
ふいに、弥次郎の足がとまった。家のなかから、戸口に近付いてくる足音が聞
こえたのだ。誰か、家から出てくるようだ。
弥次郎は急いで唐十郎たちのいる場にもどり、あらためて戸口に目をやった。
家のなかから聞こえてきた足音は戸口でとまり、表戸が開いた。姿を見せたの
は、すこし腰の曲がった年寄りの男だった。
男は戸口から狭い庭に出ると、道場の脇の小径の方に足をむけた。どうやら、
所用があって、出掛けるらしい。
「あの男に、訊いてみるか」
唐十郎が言い、年寄りが道場の脇の小径に出るのを待ってから、弥次郎と茂山
と一緒に椿の陰から出た。

5

唐十郎は、年寄りが小径に出て道場の脇まで行ったとき、足音をたてないように後を追った。弥次郎と茂山は、唐十郎から間をとって後についていく。

唐十郎は年寄りに近付くと、

「待ってくれ！　訊きたいことがあるのだ」

と、声をかけた。

年寄りは立ち止まり、振り返って唐十郎を目にすると、驚いたような顔をした。見知らぬ武士が、後ろから追ってきたからだろう。表の通りなら驚かないが、そこは道場の裏手の母家だけにつながっている小径である。

「いやァ、驚かして、申し訳ない。それがしは、佐川どのと昵懇にしている者でな。道場に、佐川どのはいないようなので、裏手にまわってみたのだ。……庭の木の陰で、額の汗を拭っているとき、おぬしが家から出てきて道場の脇へまわったので、慌てて追ってきたというわけだ」

唐十郎は、咄嗟に思いついたことを口にした。

「そうでしたかい。気がつきませんで……」

男が、首をすくめて言った。

「それで、母家に佐川どのは、いるのか」

唐十郎は、佐川はいないと見ていたが、念のため男に訊いてみた。

「源之助さまは、家にはいません」

男は、申し訳なさそうな顔をして言った。

「やはり、いないのか。……いや、家のなかは静かだし、ひとりの足音しか聞こえなかったのでな。おぬしが出てきたのを目にし、母家には他に誰もいないと思ったのだ」

唐十郎が、もっともらしく言った。

「ちかごろ、旦那さまは、道場を留守にするときが多いんでさァ」

男はそう言って、唐十郎に目をむけた。不安そうな表情は消えている。唐十郎の言うことを信じたのだろう。

「佐川どのは、どこへ出掛けたのだ」

唐十郎は、あらためて男に訊いた。

男は口許に薄笑いを浮かべて口をつぐんでいたが、

「情婦のところでさァ」

と、首を竦めて言った。

「佐川どのは、剣術だけでなく、女にも強いからな」

唐十郎が、もっともらしく言った。

「そうでさァ」

男はそう言って、照れたような顔をした。

「ところで、佐川どのが出掛けたのは、情婦のいる小料理屋か。それとも、女郎屋か」

唐十郎が声をひそめて訊いた。

「小料理屋でさァ」

男が小声で言った。

「贔屓にしている店なのか」

「店の女将が、気に入ったようで……」

男は口許に薄笑いを浮かべた。

「その店は、遠いのか」

唐十郎は、佐川のいる小料理屋に行けば、討つ機会があるかもしれないと思った。

「小柳町でさァ」

「小柳町の何丁目だ」

唐十郎が訊いた。小柳町は三丁目まであり、小柳町と分かっただけでは、探すのがむずかしい。

「一丁目と、聞きやした」

「一丁目か」

唐十郎は、一丁目と分かっても探すのが難しいと思った。小柳町一丁目は、広い町なのだ。

「近くに、富沢屋という料理屋がありやす」

男が、唐十郎に身を寄せて言った。

「富沢屋の近くか。それなら分かるな」

唐十郎は、富沢屋に一度行ったことがあった。二階建ての大きな料理屋である。

「ところで、小料理屋の名を知っているか」

唐十郎が、声をあらためて訊いた。

「花乃屋でさァ。女将の名がお花で、そこから店の名をとったようですぜ」

男は女将の名まで知っていた。

「そうか。……女将は、花のように綺麗なんだろうよ」

唐十郎は、苦笑いを浮かべた。

唐十郎が口を閉じると、話しながら歩いていた男が、「あっしは、これで」と言って、急に足を速めた。男は見知らぬ武士と話し過ぎたと思ったらしい。唐十郎と離れ、道場の前の道を足早に歩いていく。

唐十郎は路傍に立って、弥次郎と茂山が近付くのを待ち、

「佐川の行き先が、知れたぞ」

と、声高に言った。

「どこです」

すぐに、弥次郎が訊いた。

「小柳町一丁目に、富沢屋という料理屋があるのを知っているな」

唐十郎が、念を押すように訊いた。

「知ってます」

脇にいた茂山が言うと、弥次郎も頷いた。

「佐川は富沢屋の近くにある花乃屋という小料理屋の女将を贔屓にしていて、そこに出掛けたらしい」

「今も、佐川は花乃屋にいるのかな」

弥次郎が、身を乗り出して言った。

「いるらしいが……」

唐十郎は、語尾を濁した。今もいるかどうか、行ってみないと分からない。店を出た後ということもある。

「ともかく、花乃屋に行ってみよう」

唐十郎が、弥次郎と茂山に目をやって言った。

6

唐十郎、弥次郎、茂山の三人は小柳町一丁目に行き、富沢屋が前方に見えてくると、路傍に足をとめた。その辺りは日本橋(にほんばし)からつづいている街道や人出の多い柳原通りからも近いせいか、人通りが多かった。

「富沢屋の斜向(はすむ)かいにある店が、花乃屋ではないかな」

弥次郎が指差して言った。

道沿いに、小料理屋らしい店があった。二階建てだが、間口が狭かった。出入り口は洒落(しゃれ)た格子戸(こうしど)になっていて、小さな暖簾(のれん)が出ている。小料理屋らしい造りである。

「花乃屋らしいな」

唐十郎はそう言った後、近くを通りかかった二人連れの年増(としま)に目をとめた。

「念のため、あのふたりに訊いてくる」

そう言い残し、唐十郎は二人連れの年増の跡を追った。

唐十郎はふたりの年増に声をかけ、話を聞いて道沿いにある店が花乃屋であることを確認すると、弥次郎と茂山のそばにもどってきた。

「間違いない。その店が、花乃屋だ」

唐十郎が小声で言った。

「店に、佐川はいるかな」

弥次郎が、花乃屋の店先に目をやってつぶやいた。

「佐川がいるかどうか、分からないな。……俺たちが、ここに来る前に帰ったとも考えられる」

唐十郎が首を傾げながら言うと、

「店を覗いてみますか」

弥次郎がそう言って、身を乗り出した。

「待て、店内に佐川がいても、討ち取るのはむずかしいぞ。店の者もいるし、他の客もいるだろう。店内は大騒ぎになる。……おそらく、佐川は俺たちのいる店の表からは出ず、裏手から逃げるのではないかな」

唐十郎が言うと、脇にいた茂山がうなずいた。

「佐川が店から出て来るのを待つしかないな」

そう言って、唐十郎は通り沿いにある店屋に目をやった。そこは、蕎麦屋、一善飯屋、縄暖簾を出した飲み屋など、飲み食いできる店が多かった。柳原通りだけでなく神田川にかかる昌平橋からも近く、人通りが多かったからである。

「そこの一膳飯屋の脇に隠れて、佐川が出て来るのを待ちやすか」

弥次郎が、花乃屋の斜向かいにある店を指差して言った。

「そうだな」

唐十郎はうなずき、道沿いにある一膳飯屋の脇に足をむけた。そして、隣の蕎麦屋との間の狭い場所に立った。

弥次郎と茂山は、蕎麦屋の脇に入れないので、仕方なく唐十郎のすぐ前の路傍に立った。ふたりは、その場で待ち合わせでもしているような顔をして、佐川が出てくるのを待っている。

佐川はなかなか店から出てこなかった。唐十郎たちがその場に立って、一刻（二時間）ほども経ったろうか。痺れを切らした弥次郎が、「それにしても、遅過ぎるなァ」と呟いた後、

「やはり俺が、花乃屋を覗いてきましょうか」

と、唐十郎に顔をむけて言い、その場から離れようとした。

「待て！」

唐十郎が弥次郎をとめ、「誰か、出てくる！」と、身を乗り出して言った。

花乃屋の戸口の格子戸が開き、店の女将らしい洒落た着物姿の年増が、姿を見せた。その女将らしい年増につづいて、武士がひとり店から出てきた。だが、武士は小柄で、佐川ではないようだった。

年増は店の戸口で足をとめ、

「町田さま、また来てくださいね。わたし、待ってますから」

と、甘えるような声で言った。武士の名は、町田らしい。

「また来る、女将の顔を見にな」

町田はそう言って、戸口から離れた。

女将は、町田の姿が遠ざかると、踵を返して店内にもどった。

「あの町田という名の武士に、店内に佐川がいるかどうか、訊いてきます」

弥次郎が、小走りに町田の跡を追った。

弥次郎は一町ほど走って町田に追いつくと、何やら声をかけ、ふたりで話しながら歩いた。

弥次郎は町田と話しながらいっとき歩くと、路傍に足をとめた。そして、町田がすこし離れるのを待って、踵を返した。

唐十郎は弥次郎が近付くと、

「店内に、佐川はいたか」

と、すぐに訊いた。

「佐川らしい武士はいたが、今はいないようです」

弥次郎が渋い顔をして言った。

「どういうことだ」

唐十郎が首を傾げて訊いた。

「小半刻（三十分）ほど前、その武士は花乃屋の裏手から出て、帰ったそうです」

「俺たちが表で見張っていたのを知っていたのか」

　唐十郎が、身を乗り出して訊いた。

「そうではないようです。町田によると、女将を贔屓にしている武士とは、花乃屋で何度か会ったことがあるが、店の表から出ることはあまりなく、裏手から出ることが多いそうです」

　弥次郎が、唐十郎と茂山に目をやって言った。

「そうか。佐川は、用心して店の裏手から出入りしていたのだな。まんまと逃げられたわけか」

　そう言って、唐十郎が苦笑いを浮かべた。唐十郎にしてみれば、佐川に逃げられた悔しさもあるが、ここでうまく逃げられても、佐川を討つ機会はあるので、それほど落胆しなかったのだ。

「どうしますか」

　茂山が訊いた。

「慌てることはない。今日は、このまま道場へ帰ろう。明日でも、明後日でも出直せばいい。佐川を討つ機会は、あるはずだ」

唐十郎が言うと、弥次郎と茂山がうなずいた。

7

翌日、唐十郎は道場での稽古を終え、門弟たちを送り出した後も、道場内にとどまった。弥次郎と茂山の姿もあった。ただ、茂山は唐十郎たちを自分の知っている地域を案内するという立場をくずさなかった。

「何か、手を打たないとな」

唐十郎が呟いた。胸の内には、このままだと佐川の道場や贔屓にしている小料理屋などに当たっても、佐川を討つことはできないという思いがあった。弥次郎と茂山も同じ思いらしく、顔に困惑の色があった。

「そうは言っても、これからずっと黙って見ているわけにはいかないな。おそらく、佐川はまた門弟だった男に声をかけ、俺たちの道場を襲うだろう。……佐川の胸のうちには、俺たちの道場をつぶしてから己の道場を開き、門弟たちを集めて佐川道場の名を広めたいという思いがあるにちがいない」

唐十郎が言った。

「俺も、佐川は、自分の道場に門弟を大勢入門させるために、この道場に通う門弟たちの帰りを狙って襲い、稽古に行くのを阻もうとしているとみている」

弥次郎が言うと、傍らにいた茂山がうなずいた。弥次郎と同じようにみているらしい。

「何か手を打たないとな」

再び唐十郎がつぶやくと、

「やはり、佐川が花乃屋や別の飲み屋などに出掛けたときを狙って、討つしかないでしょう」

弥次郎が言った。

すると、弥次郎のそばにいた茂山が、

「それがしも、佐川がひとりで小料理屋や飲み屋などに出掛けたときに、討つしかないとみてます」

と、唐十郎と弥次郎に目をやって言った。

「ともかく、もう一度、佐川の道場と贔屓にしている花乃屋にあたってみますか」

　弥次郎が、唐十郎に訊いた。

「そうだな。道場と花乃屋に当たれば、佐川の居場所がつかめるな。それに、門弟だった男とも、顔を合わせることがあるはずだ。その男に訊けば、佐川の居所だけでなく、今後、佐川がどんな手を打とうとしているか、分かるだろう」

　唐十郎が言うと、弥次郎と茂山がうなずいた。

「よし、これから出掛けるか」

　唐十郎が立ち上がった。

　そのとき、道場の表戸の近くで足音がした。小走りに近付いてくるようだ。

「だれか、来たようですよ」

　弥次郎が、戸口に目をやりながら言った。

「今頃、だれかな。……門弟ではないと思うが」

　そう言って、唐十郎が小首を傾げたが、「おい、あの足音は、弐平(にへい)だぞ」と言って、座り直した。弥次郎も苦笑いを浮かべて座り直したが、茂山だけは表戸に目をやったまま立っている。

　貉(むじな)の弐平と呼ばれる岡っ引きだった。背が低く、顔が妙に大きい。その顔が貉に似ていることから、陰で貉の弐平と呼ばれている。

弐平はどういうわけか、若いころ剣術の遣い手になりたいと思ったらしい。弐平は小宮山流居合の道場に姿を見せ、入門を乞うた。

そのとき、唐十郎の父親の桑兵衛は、武士も町人もあまり区別しなかったので、道場主として弐平の入門を許した。

ところが、弐平は一年もすると、居合に飽きて、道場に来てもあまり稽古をやらなくなった。それでも、道場にはちょくちょく顔を出した。

桑兵衛が弐平に仕事を頼むことがあったからだ。仕事といっても、門弟たちが道場の外で命にかかわるような喧嘩や事件に巻き込まれたとき、弐平に探ってもらい、できるだけ穏便に始末をつけてもらうことぐらいである。

桑兵衛が母家にいることが多くなり、稽古を倅の唐十郎に任せるようになった後も、弐平は道場に姿を見せることがあった。現在も、弐平は剣術の稽古はやらないが、唐十郎や道場の門弟たちが事件にかかわると、岡っ引きとして事件の探索に当たることがあったのだ。

弐平は道場に入ってくるなり、

「ちょいと、耳にしたことがありやしてね。……旦那たちが、困ってるんじゃァねえかと思って、来てみたんでさァ」

と、薄笑いを浮かべて言った。

「困っていることな。……まァ、道場には門弟が大勢いるのでな。揉め事が起こるのは、珍しいことではない」

唐十郎が素っ気なく言った。

「門弟が斬られ、旦那たちが斬った相手を捜しまわり、道場を留守にすることが多い、と聞きやしたぜ」

弐平が顔の笑いを消し、その場にいた唐十郎たち三人に目をやって言った。

「まァ、ちかごろ、道場を留守にすることは多いが……」

唐十郎は語尾を濁した。

「旦那たちに、手を貸しやしょう。……あっしのような男は、相手の居所や仲間たちのことを探ったりするのに役に立ちやすぜ」

弐平が、身を乗り出して言った。

「そうだな。弐平がいれば、居所や仲間たちのことを探ったりするのに、苦労せずに済むな」

唐十郎が言うと、その場にいた弥次郎は頷いたが、茂山は戸惑うような顔をして弐平に目をむけている。弐平がどんな男か知らないのだ。

「弐平に手を借りるとなると、ただという訳にはいかないな。いいだろう。これからな、金が手に入ったら、弐平にも渡そう。……それにな、余裕があれば、一緒に一杯やりにいってもいいぞ」

唐十郎が弐平を見つめ、笑みを浮かべて言った。

「ありがてえ。……あっしも、かかわっている事件がなくて、暇を持てあましていたんでさァ。旦那たちと一緒に仕事ができるだけでなく、金が手に入りそうだし、一杯やることもできそうだ」

弐平が、ニンマリした。

8

「弐平、俺たちはこれから出掛けるつもりだが、一緒に来るか」

唐十郎が、声をあらためて訊いた。

「どこへ行きやす」

弐平が、身を乗り出して訊いた。行く気になっている。

「今日は、まず佐川道場に行ってみるつもりだ。道場にいなければ、佐川が贔屓にしている小料理屋に行ってみる」

唐十郎が言った。

「小料理屋ですかい。あっしも一杯やりてえが……」

弐平が、薄笑いを浮かべてつぶやいた。

唐十郎は、弐平が口にしたことに応えず、

「茂山、弐平という男は、岡っ引きでな。どういうわけか、剣術の遣い手になりたいと思ったらしく、門弟に加えてくれと言って、この道場に来たのだ。……やる気があるならやってみろと父上が言って入門を許したのだが、弐平は居合の稽古にすぐ飽きてな、稽古をやらなくなった。それでも、こうして道場に姿を見せることがある。稽古中は来ないが、茂山も、どこかで弐平を目にしたことはあるだろう」

と、茂山に目をやって訊いた。

「御用聞きですか」

茂山は小首を傾げて、座りなおした。弐平は稽古中や門弟たちが出入りするころ、道場に姿を見せないので、覚えがないのだろう。

「剣術は駄目だが、こうした事件に当たるときは、御用聞きだけあって、頼りになる男なのだ」

　唐十郎が言うと、弐平は首をすくめて頷いた。褒められたと思ったらしく、口許に笑みを浮かべている。

「そうですか。……弐平さん、これからも、よろしく」

　茂山が、弐平に声をかけた。

「あっしこそ、よろしく。……あっしが耳にしたことだと、佐川ってえやつは、一筋縄じゃァどうにもならねえようだ。佐川をお縄にするために、あっしもできるだけのことをやりますぜ」

「一緒に、やりましょう」

　茂山が身を乗り出して言った。

　次に口を開く者がなく、道場内が静まったとき、

「出掛けるぞ」

　と、唐十郎が男たちに声をかけた。

　唐十郎たちは、まず岩本町の南方にある佐川道場へ行くことにした。道場に佐川がいれば、捕らえるなり討つなりすることができるかもしれない。いなければ、佐川が贔屓にしている小料理屋の花乃屋に行ってみるつもりだった。

唐十郎、弥次郎、茂山、それに弐平の四人は道場を出ると、神田川にかかる和泉橋に足をむけた。そして、和泉橋を渡った先の武家地のなかにある佐川道場の近くまで来ると、路傍に足をとめた。

「道場は、閉まったままだな」

唐十郎が道場に目をやって言った。

「誰もいねえようだ」

弐平がつぶやいた。

「せっかく、ここまで来たのだ。道場に佐川がいるかどうか確かめてみよう。いなければ、花乃屋かもしれない」

唐十郎が言うと、

「あっしが、見てきやす」

弐平はそう言い残し、通行人を装って道場の前まで行った。そして、閉まっている板戸に身を寄せて聞き耳を立てていたが、いっときすると、踵を返して唐十郎たちのいる場にもどってきた。

「どうだ、道場の様子は」

すぐに、唐十郎が訊いた。

「だれもいねえようだ」

弐平によると、道場内はひっそりとして、物音もしないし、人のいる気配もないという。

「道場にいないとすると、小料理屋の花乃屋かな」

唐十郎が言った。

「花乃屋に行ってみますか」

弥次郎が、身を乗り出した。その気になっている。

「ここまで来たのだ。花乃屋まで、行ってみよう」

唐十郎が言うと、その場にいた茂山と弐平がうなずいた。弐平にも、ここに来る道すがら、花乃屋のことは話してあったのだ。

唐十郎たちは小柳町一丁目まで来て、料理屋の富沢屋が見えてくると路傍に足をとめた。富沢屋の斜向かいにある店が花乃屋である。

「どうしやす」

弐平が訊いた。

「まず、佐川が花乃屋に来ているかどうか、確かめないとな」

唐十郎は、佐川がいなければ、今日のところは帰るしかないと思った。

「あっしが、花乃屋を覗いてきやしようか」

弐平が、身を乗り出して言った。

「弐平、下手に騒ぎ立てると、佐川が店にいても逃げられるぞ」

唐十郎は弐平をとめた。花乃屋には別の客が何人かいるはずなので、騒ぎが大きくなると、佐川に逃げられると思ったのである。

「なあに、あっしが、佐川様に言伝があるとでも言って、店の者にうまく話しやすよ。あっしの顔は、まだ知られてねえから、どうにでも言えまさァ」

弐平はそう言い残し、ひとりで花乃屋にむかった。

そして、弐平は花乃屋の出入り口の格子戸の前に立つと、聞き耳を立てて店内の様子を窺っているようだったが、慌てた様子でその場を離れ、店先からすこし離れた路傍に足をとめた。

すぐに、花乃屋の格子戸が開いた。姿を見せたのは、商家の旦那らしい年配の男と、洒落た花柄の着物姿の年増だった。女将である。

……客と店の女将か。

弐平はそうつぶやき、客が店から離れるのを待った。店内に、佐川がいるかどうか客に訊いてみようと思ったのだ。

年配の男は店の戸口で女将と何やら話した後、その場を離れた。弐平たちがいる場とは反対方向に歩いていく。

女将は男が店先から離れると、踵を返して店内にもどった。

これを見た弐平は、小走りに男の跡を追った。そして、男に追いつくと声をかけ、ふたりで何やら話しながら歩いていく。

弐平は男と話しながら半町ほど歩くと、足をとめた。そして、男が離れるのを待って、踵を返した。

弐平は、小走りに唐十郎たちのいる場にもどってきた。

すぐに、唐十郎が訊いた。

「弐平、花乃屋に佐川は来ているか」

「それが、花乃屋に、佐川はいねえようなんで」

弐平が肩を落として言った。

つづいて、弐平が店から出てきた男の話として、店内に武士の姿はなかったと言いそえた。

「花乃屋に、いないのか」

話を聞いていた弥次郎が、肩を落としてつぶやいた。そばにいた茂山も残念そうな顔をしている。

「どうしやす」

弐平が、その場にいた唐十郎、弥次郎、茂山の三人に目をやって訊いた。

「道場にも花乃屋にもいないとなると、どこにいるか、分からないな」

唐十郎はそう呟いた後、

「今日のところは、帰るか。なに、焦ることはない。佐川が羽を伸ばせる場所は、道場か贔屓にしている花乃屋ぐらいしかないはずだ。……今日はいなかったが、日をあらためて出直せば、佐川の姿があるはずだ」

そう言うと、弥次郎、茂山、弐平の三人がうなずいた。

唐十郎たち四人は、落胆せずに来た道を引き返していく。

第二章　追尾

1

「気をつけて、帰れよ」

唐十郎は、道場から出ていく門弟の横田と笹崎に声をかけた。ふたりは稽古を終えた後、道場に居残って打ち込みや竹刀の素振りなどをした帰りだった。

「はい、寄り道をせず、真っ直ぐ帰ります」

横田が言うと、笹崎もうなずき、ふたりして道場を出ていった。

ふたりの足音が聞こえなくなると、

「それがしは、もうすこし素振りをしてから帰ります。門弟たちの稽古を見ていて、自分の稽古が疎かになりましたから」

弥次郎が言い、道場のなかほどに立って、手にしていた竹刀で素振りを始めた。

「俺もやるかな。……門弟たちの稽古を見ているだけでは、腕が鈍るからな」

唐十郎はそう言って、弥次郎に並んで竹刀を振り始めた。

道場主の唐十郎と師範代の弥次郎は、門弟たちの稽古を見ることに時間をとられ、自分自身の稽古はなおざりになることが多かった。

　唐十郎と弥次郎が道場内で素振りを始めて、小半刻（三十分）ほど経ったろうか。道場の戸口に走り寄る何人かの足音が聞こえた。

「誰か来たようだ」

　唐十郎は素振りをやめ、戸口に目をやった。

　足音は戸口でとまり、表戸を開ける音がした。そして、道場に入ってくる荒々しい足音がした。

　道場の土間に面した板戸が開いた。道場内に飛び込んできたのは、先程道場から出ていった横田と笹崎、ふたりよりすこし前に出た茂山の三人である。

「た、大変です！　先に道場を出た前田が、何者かに襲われて！」

　茂山が声をつまらせて言った。

「前田が襲われただと！　誰に襲われたのだ」

　唐十郎が声高に訊いた。

「わ、分かりません。誰が襲ったのか、分かりません」

　茂山が言った。

「それで、前田は無事か」

「生きてます。門弟の長谷川と大沢が、前田のそばにいます」

茂山が、足踏みしながら言った。

「場所はどこだ」

唐十郎は、すぐに現場にむかうつもりだった。

「和泉橋のたもと近くです」

「行ってみよう」

唐十郎は、道場の師範座所に置いてあった刀を手にした。

弥次郎もすぐに門弟たちの着替えの部屋へ行き、稽古着を着替えると、大小を手にしてもどってきた。

「行くぞ!」

唐十郎が、茂山たちに声をかけた。

唐十郎たちは道場を出ると、御徒町通りから神田川にかかる和泉橋にむかった。

「あそこです」

先導する茂山が、前方を指差して言った。

見ると、和泉橋のたもとに人だかりができていた。通りすがりの者が多いようだ。そこは通行人が多く、様々な身分の老若男女が行き来している。その人だかりのなかに、門弟らしい男の姿が見えた。長谷川と大沢らしい。

唐十郎たちが、人だかりに近付くと、

「どいてくれ！　そこにいる怪我人と同門の者だ！」

茂山が、声高に言った。すると、唐十郎たちの前にいた男たちが左右に身を引いた。

「ここです！」

長谷川が、唐十郎たちを目にして手を上げた。

その長谷川の脇に、大沢がいた。ふたりの膝先に、前田の姿があった。前田は尻餅をついた恰好で、上半身を起こしている。肩から背にかけて小袖が裂け、血に染まっていた。苦しげに顔をしかめている。

唐十郎は前田の前に膝を折り、

「前田、しっかりしろ！」

と、声をかけた。そして、改めて前田の肩から背にかけて袈裟に斬られている傷口を見た。

……大丈夫だ！　うまく血をとめれば、命にかかわるような傷ではない。

唐十郎は、胸の内でそう呟き、

「前田、あまり体を動かすな。出血さえ抑えれば、死ぬようなことはないぞ」

と、前田の耳元で言った。

唐十郎はそばにいた茂山、長谷川、大沢、横田、笹崎の五人に、手拭いを持っているか、訊いた。畳んだ手拭いを傷口に押し当てて、すこしでも出血を押さえようとしたのだ。

茂山たち五人は困惑したような顔をして、首を横に振った。手拭いなど、持ち歩かないのだろう。

するると、唐十郎の脇にいた弥次郎が、

「これを使ってください」

と、言って、着物の襟から手を入れ、折り畳んだ手拭いを取り出した。二枚ある。

「やけに気が利くな」

唐十郎が、弥次郎に目をやって言った。

「いや、道場の着替えの部屋で、傷口を押さえるのに使えるのではないかと思い、持ってきたのです」

弥次郎が、照れたような顔をして言い添えた。

「さすが、師範代だ。怪我をしたとき、何が必要か分かっている。……本間、手を貸してくれ」

唐十郎が弥次郎に声をかけ、ふたりして手拭いで傷口を縛った。

「前田、これで、出血は抑えられるぞ」

唐十郎が、励ますように言った。

「あ、ありがとうございます」

前田が、声をつまらせて言った。涙声になっている。

「前田、動けるか。すこし、橋のたもとから離れよう」

唐十郎は、まわりを取り囲んでいる野次馬たちから、離れようと思った。

「動けます。……たいした傷ではありませんから」

前田は元気づいたらしく、自力で立ち上がろうとしたが、すこしふらついた。

すると、そばにいた茂山たちが手を貸し、前田の体を支えながら、和泉橋のたもとから離れた。

2

　唐十郎たちは前田を取り囲むようにして、人通りの多い和泉橋のたもとを離れ、御徒町通りを引き返した。そして、道沿いに表戸を閉めた仕舞屋があるのを目にし、店の前まで来て足をとめた。そこなら、通行人の邪魔にならないと思ったのだ。


「前田、案ずるな。命にかかわるような傷ではない」

　唐十郎は、そう声をかけた後、

「襲った者は、何者だ」

と、核心から訊いた。

「名は分かりません」

　前田が困惑するような顔をし、首を横に振った。

「何人で、襲ってきたのだ」

　さらに、唐十郎が訊いた。

「三人です」

「三人とも武士だな」

　唐十郎は、念を押した。

「そうです。道端に立っていた三人のうちの一人が近付いてきて、狩谷道場の者かと訊いたのです。……まさか、人通りのある場所で、襲ったりすることはあるまい、と思い、狩谷道場からの帰りだと話したのです。すると、三人がいきなり刀を抜いて斬りつけてきました。相手は三人だったし、咄嗟のことだったので、逃げることもできず、このような目に……」

　前田が、顔をしかめて言った。

「その後、三人はどうした。何か、気付いたことはないか」

　三人が狩谷道場の門弟を狙ったことは分かったが、何か目的があったはずだ。それに、前田にとどめを刺さずに、そのままにして去ったのは、何か理由があってのことだろう。

　前田はすぐに話さず、戸惑うような顔をしていたが、

「さ、三人のうちの一人が、このまま今の道場に残れば、次は命がないぞ、と言い捨てて、その場から去りました」

　と、声をつまらせて言った。

「それだけか」

唐十郎が訊いた。前田を襲った男たちの魂胆は、やはり門弟たちに道場をやめさせることにあったようだが、男たちが何者なのかはっきりさせたかった。

「か、帰りがけに、他の門弟に、命が惜しかったら、今通っている道場をやめろ、と話しておけ、と言いました」

「そやつら、道場をやめろ、と言っただけか」

さらに、唐十郎が訊いた。

前田はいっとき口をつぐんでいたが、

「他にも、いい道場はあるから、そこへ来いと……」

と言いにくそうな顔をして、小声でつぶやいた。

「その道場は、どこにあるのだ」

唐十郎が、身を乗り出して訊いた。

「道場がどこにあるか、言いませんでしたが……。今は道場の門を閉めているが、近いうちに開くと言ってました」

前田が、語尾を濁した。はっきり聞いたわけではないのかもしれない。

「その道場とは、佐川道場ではないか！」

唐十郎の声が、大きくなった。

前田はすぐに答えなかったが、

「道場の名は口にしませんでしたが、それがしも、佐川道場のような気がしました」

と、小声で言った。

「そういうことか」

これで、何者がどんな理由で前田たちを襲ったのか分かった。

襲った者たちの背後に、佐川がいるようだ。どうやら、佐川は本腰を入れて、道場を開くつもりらしい。そのためにも、今のうちから何人かの門弟を集めておく必要があるのだろう。

唐十郎が口をつぐんでいると、脇にいた弥次郎が、

「陰で、佐川が指図していたようです」

と、語気を強くして言った。弥次郎も、背後にいる佐川に気付いたようだ。

「そのようだ。いずれにしろ、このまま放置できない。門弟たちから、犠牲者が出るからな。……どうやら、佐川は俺たちの道場を目の敵にしているようだ」

唐十郎が言うと、弥次郎はうなずいただけで、口をつぐんでいたが、いっとき

間を置いてから、

「これからは、道場での稽古を終えた後、門弟たちをこの辺りまで送ってきますよ。……佐川の指図で動いている者が姿を見せたら、捕らえて話を聞いてみます」

と、いつになく険しい顔をして言った。

「俺も道場を出て、門弟たちを送ろう。すこし離れて歩けば、気付かれずに済むだろう」

唐十郎の声には、強い響きがあった。

唐十郎はいっとき間をとった後、その場にいた茂山たち五人に、

「どうだ、前田を家の近くまで送ってもらえるか」

と、訊いた。ここから先なら、茂山たちに前田を任せても大丈夫とみたのだ。佐川道場の者たちは、すでにそれぞれの家に帰っているだろう。

「送っていきます」

茂山が言うと、他の四人もうなずいた。

唐十郎と弥次郎は、路傍に立ち、

「気をつけて帰れよ」

と、その場を離れていく茂山たちに声をかけた。

茂山たちは足をとめ、路傍に立っている唐十郎と弥次郎に、あらためて頭を下げてからその場から足早に離れていった。

3

前田が襲われた翌日、唐十郎と弥次郎は、道場での稽古を終えた門弟の横田と笹崎、それに長谷川の三人が、戸口にいるのを目にし、

「大沢は、今日、稽古を休んだようだな」

と、唐十郎が言った。

「やはり、前田が襲われたので不安になったのだな」

弥次郎がつぶやいた。

「大沢どのは、しばらく稽古を休むと言ってました。……やはり、目の前で前田どのが襲われたのを見て、怖くなったようです」

横田が小声で言った。

「しかたあるまい。……次は自分が狙われるかもしれないと思えば、稽古を休み

たくもなるだろう」

唐十郎はそう言った後、

「横田たちは、案ずることはないぞ。実はな。このままだと、前田のように襲われる者が出るのではないかと思ってな。今日から、俺と本間のふたりで和泉橋の先まで、送っていくつもりでいたのだ」

と、話をつづけた。すると、そばにいた弥次郎が、

「ただ、送っていくだけではないぞ。……俺たちはすこし離れて歩き、襲う者がいれば、逆に襲って、捕らえるつもりでいる。相手の正体がはっきりすれば、そやつらを討つこともできる」

と、語気を強くして言った。

「襲う者がいたら、横田たち三人は立ち向かわずに、逃げろ」

唐十郎が、弥次郎につづいて言った。横田たち三人には、すこし離れた場で見ていて欲しかった。下手に斬り合いにくわわると、真剣勝負の経験のない横田たちが、犠牲になる恐れがあったのだ。

「分かりました」

横田が言うと、笹崎と長谷川がうなずいた。

「出掛けるか」

唐十郎が、横田たち三人に声をかけた。

4

門弟の笹崎と長谷川、そして横田を和泉橋の先まで送った唐十郎と弥次郎は、その足で岩本町の南方にある佐川道場に向かったが、道場は閉まったままで、人のいる気配はなかった。

次にふたりは小柳町一丁目へと行き、花乃屋の様子を窺った。先日、花乃屋を見張った際には佐川の姿はなかったが、今日は来ているかもしれないと思ったのだ。

ふたりが一膳飯屋の陰に隠れていっときすると、花乃屋から若い武士が出てきた。

「あの男に、話を聞いてきます」

そう言って弥次郎は、一膳飯屋の陰から通りに出た。

「待ってくれ！」

弥次郎が、若い武士の背後から声をかけた。

若い武士は足をとめて、振り返った。小走りに近付いてくる弥次郎の姿を目にし、戸惑うような顔をした。おそらく、弥次郎が何者か知らないのだろう。

「す、すまん。ちと、訊きたいことがあってな」

弥次郎はそう言って、若い武士の背後に足をとめた。

「なんです」

若い武士は、体を弥次郎にむけて訊いた。

「今、おぬしが、花乃屋から出てきたのを見たのだがな。……実は、知り合いの佐川どのが、花乃屋にいるかと思って訊いてみたのだ」

弥次郎は、咄嗟に思いついたことを口にした。

「貴方（あなた）は、佐川様のお知り合いの方ですか」

若い武士が、念を押すように訊いた。

「知り合いといっても、この辺りの飲み屋で佐川どのと何度か顔を合わせてな、話をするようになったのだ。……まァ、飲み仲間みたいなものだな」

弥次郎が、苦笑いを浮かべて言った。

「そうですか。……佐川様は小半刻（三十分）ほど前に、花乃屋を出ましたよ。

詳しいことは知りませんが、女将に、道場へ帰ると話しているのを耳にしましたが……」

若い武士は、首を傾げた。花乃屋を出た佐川は、道場に帰ったと思っていたのだろう。

「それがな、俺も道場にいるかと思って寄ってみたのだが、いないのだ。それで、花乃屋にいるとみて、来てみたのだが……」

弥次郎は首を捻った。途中で、佐川と入れ違ったのかと思った。

「それがしには、分かりませんが」

若い武士はそれだけ言うと、弥次郎に頭を下げ、足早にその場を離れた。見知らぬ武士と、路傍に立ったまま長く話をしたくなかったのだろう。

弥次郎は、唐十郎のいる場にもどると、「佐川は、小半刻ほど前に道場を出たようです」と話した。

「道場にはいなかったようだが、ここへ来る途中、どこかで入れ違ったかな」

唐十郎が首を傾げた。

「念のために、帰りがけにもう一度道場へ寄ってみますか」

弥次郎が言った。

「そうしよう」

唐十郎がうなずき、弥次郎とともに、佐川道場へ向かった。

来た道をいっとき歩くと、道沿いにある佐川道場が見えてきた。道場の表の板戸は閉まっていた。人のいるような気配はない。ここへ来たとき、目にした道場と変わりがないようだ。

「やはり、道場にはいないな」

唐十郎が言った。

「念のため、戸口まで行ってみますか」

弥次郎が言い、道場の戸口に足をむけた。

弥次郎の後に唐十郎がつづいた。唐十郎たちは道場の前まで来て、足をとめた。道場内はひっそりとして、話し声も物音も聞こえなかった。人のいるような気配もない。

「やはり、誰もいないようだ」

唐十郎が小声で言った。

「小料理屋の女将(おかみ)には、道場に帰ると話したようだが、道場に立ち寄っただけで、別の場所へむかったのかな。それとも、道場には帰らなかったのか……」

弥次郎がつぶやいた。

「どうする」

珍しく、唐十郎が弥次郎に訊いた。

「仕方がない。帰りますか。……ただ、佐川がこのまま手を引くとは思えません。何か動きがあったら、手を打ちましょう」

弥次郎が言った。

「そうだな」

唐十郎がうなずいた。

唐十郎と弥次郎は、来た道を引き返した。二人が道場の前から一町ほど歩いたろうか。先を歩いていた弥次郎が足をとめ、

「念のため、向こうから来るふたりに、訊いてみますか」

と、言って、前方を指差した。

前方から、小袖に袴姿で大小を差した若侍がふたり、何やら話しながら歩いてくる。

「俺が訊いてみる。本間も来てくれ」

そう言って、唐十郎は小走りにふたりの若侍の方にむかった。

唐十郎がふたりの若侍に近付くと、ふたりは顔を見合って路傍に足をとめた。警戒するような顔をしている。

「済まん、ちと、訊きたいことがあるのだ」

唐十郎は、顔に笑みを浮かべて言った。ふたりの若侍を、安心させようと思ったのだ。

「何でしょうか」

大柄な若侍が訊いた。こちらが、年上なのかも知れない。

「ふたりは、そこに剣術道場があるのを知っているかな」

唐十郎が、穏やかな声で訊いた。

「知ってます」

大柄な若侍が、すぐに応えた。警戒心は消えたらしい。

「佐川道場だったたな。実は、俺の弟が剣術道場に入門して、剣術の遣い手になりたい、などと言い出したのだ。……まァ、遣い手になるのは無理でも、武士の子なら、剣術も身につけておかねばならないからな。それで、入門させようかと思って来てみたのだが、道場は閉まったままなのだ」

唐十郎が、咄嗟に頭に浮かんだことを口にした。

「今は閉まっていますが、近いうちに開くと聞きましたよ」

大柄な武士が言うと、脇に立っていたもうひとりの年下らしい若侍が、

「俺も、一か月ほどしたら道場を開く、と聞きました」

と、脇から口を挟んだ。

「一か月後か」

唐十郎が念を押すように訊いた。

「そう聞きましたが……」

年下らしい若侍が言うと、

「俺も聞いたな」

大柄な武士が、つぶやいた。

「どうやら、道場を開く目鼻がついたようだが、一か月後ということは、まだ道場を開く前にやることがあるのだろうな」

唐十郎が、そばにいる弥次郎に目をやって言った。

弥次郎は、ちいさく頷いただけで何も言わなかった。

「いずれにしろ、まだ気を抜くことはできぬ」

唐十郎が、つぶやくような声で言った。顔には、まだ険しい表情がある。

唐十郎と弥次郎が口を閉じると、

「それがしたちは、これで」

大柄な武士はそう言って、傍らに立っている若侍と一緒にその場を離れた。

「本間、どうする」

唐十郎が、弥次郎に訊いた。

「今日のところは、帰りますか。……いずれにしろ、佐川たちをこのままにしておけないと思います」

弥次郎の顔は、いつになく険しかった。

「俺も同じ思いだ。佐川が、俺たちの道場や門弟たちに手を出さずにいるとは思えないからな」

唐十郎は胸の内で、佐川をこのままにしておけば、これからも自分たちの道場の門弟に手を出すだろうと思った。

5

唐十郎が稽古着を着替えて母家から道場にもどると、着替えの部屋から弥次郎が姿を見せた。弥次郎も着替えを終えている。

「本間、一緒に行くか」

唐十郎が声をかけた。唐十郎は稽古を終え、門弟たちが道場を出ると、すぐに母家にもどり、稽古着を着替えてきた。何事もなく、門弟たちが自分の家に帰れたかどうか心配だったので、和泉橋のたもと辺りまで行ってみようと思ったのだ。

「和泉橋辺りまで、様子を見に行くのですか」

弥次郎が訊いた。

「そうだ。……何があるか分からん。佐川たちが、このままおとなしくしているとは、思えんからな」

このところ、唐十郎は門弟たちが無事にそれぞれの住居に帰れたかどうか、見に行くのが日課のようになっていた。ただ門弟たちが無事かどうか確かめるだけでなく、佐川や佐川道場の門弟だった男たちの動きを知るためでもあった。何事もなく、門弟たちがそれぞれの住居にもどれれば、佐川たちは狩谷道場の門弟たちに、手を出さなかったとみてもいい。

「一緒に行きます」

すぐに、弥次郎は道場の戸口に足をむけた。

唐十郎と弥次郎が戸口まで来たとき、走り寄る足音が聞こえた。

「誰か来たらしい」

唐十郎が表戸をあけた。

田島(たじま)という名の門弟がひとり、慌(あわ)てた様子で駆けてくる。いっとき前まで、田島は別の門弟と道場に残り、竹刀の素振りや打ち込みなどの稽古をしてから帰ったのだ。

唐十郎と弥次郎が戸口から出ると、田島が駆け寄り、

「た、大変です！　先に出た青山(あおやま)が……！」

と、声をつまらせて言った。

「青山が、どうした」

唐十郎が声高に訊いた。青山も門弟のひとりだった。青山は田島より小半時ほど前に道場を出たはずである。

「何者かに、斬られました！　和泉橋のたもと近くで」

田島が、うわずった声で言った。

「殺されたのか！」

唐十郎は、和泉橋の方に足をむけて訊いた。

「いえ、生きてます！　一緒に道場を出た佐々野が、青山のそばについてます」

島崎が言った。佐々野は、田島と一緒に出た門弟である。

「行ってみよう」

すぐに、唐十郎は道場の前から離れた。弥次郎が後につづいた。

「この先です」

先導する田島と島崎が、小走りに和泉橋の方にむかった。

唐十郎と弥次郎が、田島たちの後につづく。いっとき、足早に和泉橋にむかうと、橋のたもと近くに人だかりができていた。通りすがりの野次馬が多いようだが、佐々野の姿も見えた。人だかりのなかに、弐平の姿もある。

唐十郎たちが人だかりに近付くと、先導していた田島と島崎が、

「前をあけてくれ！」

と、声をかけた。その声で、集まっていた男たちが、田島、島崎、唐十郎、弥次郎の四人に目をむけた。

「おい、すこし離れろ！　その三人は、傷を負った者の身内の者だ」

弐平が声高に言った。すると、その場に集まっていた野次馬たちが、唐十郎た

ちに顔をむけて身を引いた。

弐平も、この場に来ていたようだ。おそらく、近くを通りかかったとき、斬り合いがあったことを耳にして駆け付けたのだろう。

集まっていた男たちが身を引くと、唐十郎にも青山の姿が見えた。佐々野の前に尻餅をついた恰好で、苦しげな呻(うめ)き声をもらしている。肩から胸にかけて小袖が裂け、血に染まっていた。ただ、命にかかわるような傷ではないようだ。出血も、それほど大量ではない。

「青山、歩けるか」

唐十郎が訊いた。青山の家は、ここからそれ程遠くなかった。家の者に、傷の手当てをしてもらえば、命にかかわるようなことはないだろう。

「歩けます」

青山が、はっきりとした口調で言った。

「ともかく、家に帰って、傷の手当てをしてもらえ。傷口を洗って包帯をしてもらえば、命にかかわるようなことはないはずだ」

唐十郎はそう言った後、そばにいた佐々野と道場に連絡に来た田島、島崎の三人に、青山を家まで送るよう指示した。

「分かりました」

佐々野が言い、田島たちとともに青山の両脇に立ったとき、

「青山をこんな目にあわせたのは、誰だ」

唐十郎が訊いた。

「何者か分かりません。道端に立っていた三人の武士が、いきなり近寄ってきて、狩谷様の道場に通っている者かどうか訊いてきたのです。……俺たちは門弟で、稽古を終えて帰るところだと話すと、いきなり斬りつけてきて、こんなことに……」

佐々野が言うと、青山が頷いた。

「その三人は若く、道場の門弟のようではなかったか」

唐十郎は、佐川道場のことを思い浮かべて訊いた。

「はい、兄弟子と思われる年長の男が、他のふたりに指示していました」

青山が言った。

「そうか。……いずれにしろ、二度とこのようなことにならないよう、用心せねばならないな」

唐十郎が言うと、脇にいた弥次郎が、「しばらくの間、稽古の後、門弟たちを

途中まで送りますよ」と小声で言った。

唐十郎がうなずき、改めて佐々野と田島、島崎に青山を家まで送るよう指示した。

6

佐々野たち四人がその場から遠ざかると、それまで、唐十郎と門弟たちのやりとりを黙って聞いていた弐平が、

「どうやら、別の剣術道場との啀み合いのようだ」

と、小声で言った。

「まァ、そんなところだな」

唐十郎が、苦笑いを浮かべた。

「あっしの出る幕は、ねえのか」

弐平が、つぶやいた。剣術道場の道場主や門弟たちの啀み合いに、岡っ引きが首をつっ込む必要はない、と思ったのだろう。

「弐平、頼みがある」

唐十郎が、声をあらためて言った。

「なんです」

弐平が、小声で訊いた。近くにいた男たちに、唐十郎とのやり取りが聞こえないように気を使ったらしい。

「和泉橋を渡ると、武家地がある。その武家地の先の岩本町に、剣術道場があったのを覚えているか」

唐十郎が訊いた。

「覚えてやす」

「今、佐川道場は門を閉じていてな。稽古はしていない。道場が古くなったこともあって、門弟たちの多くが道場を離れている」

「そうですかい」

弐平が素っ気なく言った。弐平には、剣術道場のことなど、あまり関心がないようだ。

「佐川は、門弟たちが離れたのは、俺の道場のせいだと思っている。確かに、佐川道場の門弟で、俺の道場に通うようになった者もいる。……だが、わずかだし、それに門弟が離れたのは、佐川がまともな稽古をしなかったからだ」

唐十郎が、語気を強くして言った。

弐平は、ちいさく頷いただけで何も言わなかった。剣術道場のことは、分からないのだろう。

「佐川は、俺の道場を目の敵にしてな。こうやって、何の関わりもない門弟たちを襲ったり、道場にけちをつけたりしているのだ」

「そうですかい」

弐平が小声で言った。

「けちをつけるぐらいなら構わんが、こうやって門弟たちを襲って、命を奪うことは、断じて許さん」

めずらしく、唐十郎が憤怒に顔をゆがめて言った。

弐平は何も言わず、顔を険しくして頷いた。

「それでな。佐川のやることを黙って見ているわけにはいかず、近頃、本間とふたりで佐川を討ち取るために、佐川道場のある岩本町に出掛けているのだ」

唐十郎が言うと、弥次郎がうなずいた。

「そうですかい。狩谷の旦那が、そこまで腹をたてるのは、めずらしい。佐川ってえやつは、相当の悪党にちがいねえ」

弐平がそう言って、顔をしかめた。

「これから、弐平の手を借りることがあるかもしれん。そのときは頼むので、町方としてできることをやってくれ」

珍しいことに、唐十郎が弐平に頭を下げた。

「狩谷の旦那、あっしに頭を下げねえでくだせえ。旦那の手を借りて、あっしがかかわった事件の下手人をお縄にしたことが、何度かありやした。あっしが、旦那たちのために何かやるのは、当たり前のことでさァ」

弐平が首をすくめて言った。

次に口をひらく者がなく、その場が重苦しい沈黙につつまれたとき、

「旦那、これから岩本町まで行ってみやすか」

弐平が、唐十郎と弥次郎に顔をむけて訊いた。

「行ってみるか」

唐十郎は、その気になった。狩谷道場の門弟たちを襲った者が、佐川道場の門弟とはっきりすれば、その場で捕らえようと思った。

唐十郎、弥次郎、弐平の三人は、佐川道場にむかった。唐十郎たちは岩本町にある佐川道場へ何度か行ったことがあったので、その道筋は分かっていた。それ

に、この場から遠くない。神田川にかかる和泉橋を渡れば、すぐである。

唐十郎たちは、和泉橋を渡り、柳原通りを抜けて武家屋敷のつづく通りに出た。そして、いっとき歩くと、佐川道場のある通りに入った。通りの先に道場が見えてくると、路傍に足をとめ、

「あれが、佐川道場だ」

と、唐十郎が道場を指差して言った。

「表戸は閉まってやすね」

弐平は、身を乗り出して道場を見ている。

「そうだ。道場は、閉まっていることが多いのだがな。それでも、佐川は道場にいることがあるようだ。……道場にいないときは、贔屓(ひいき)にしている花乃屋という小料理屋にいることもある。門弟たちも、佐川の居場所が分かっていて、そこで会って、探ったことを佐川に話したり、指図を受けたりしているようだ」

「小料理屋ですかい」

弐平が、呆(あき)れたような顔をした。剣術の道場主が、小料理屋で門弟たちと会っていると聞いたからだろう。

「そうだ。……今日も、道場にはいないようだが……」

唐十郎は語尾を濁した。はっきりしないからだろう。

「あっしが道場まで行って、いるかどうか探ってきやすよ。あっしなら、狩谷さまたちと一緒に来たとは思わねえはずだ」

弐平はそう言い残し、ひとりで佐川道場にむかった。

7

弐平は道場の前まで行くと、締め切った板戸に身を寄せて聞き耳をたてていた。そして、いっとき道場内の様子を探っているようだったが、踵（きびす）を返し、唐十郎たちのいる場にもどってきた。

「道場内に誰かいたか」

すぐに、唐十郎が訊いた。

「道場には、誰もいねえ」

弐平が、はっきりと言った。

「道場の裏手に母家があるが、念のため、そこも探ってみるか」

唐十郎が言うと、弥次郎もうなずいた。

唐十郎、弥次郎、弐平の三人は、道場の脇にある小径をたどり、道場の裏手にある母家にむかった。以前、その小径をたどって母家の近くまで行き、家の中の様子を探ったことがあったのだ。

唐十郎たちは、道場の裏手にある母家の近くまで行って足をとめた。

「誰かいるようですぜ」

弐平が、声をひそめて言った。

「母家には、下働きの年寄りが出入りしているようだ」

唐十郎と弥次郎は、以前この辺りに来たとき、母家にいた下働きの年寄りと話したことがあったのだ。

「そうですかい。顔を知られてねえあっしが、下働きの男に会って、佐川の居所を訊いてきやすよ」

弐平はそう言い残し、ひとりで母家の前にむかった。そして、家の戸口まで来ると、表戸をたたいた。

すぐに表戸が開き、すこし腰のまがった年寄りが姿を見せた。その年寄りは、以前唐十郎が話を聞いた男である。

弐平は姿を見せた年寄りに声をかけ、戸口に立ち止まったままふたりで話していたが、いっときすると、年寄りは家にもどり、弐平は唐十郎たちのそばに帰ってきた。

「母家に、佐川はいたか」

すぐに、唐十郎が弐平に訊いた。

「いねえ。年寄りの話だと、佐川は昼前に道場を出て、そのまま戻ってねえようだ」

弐平が、小声で言った。

「佐川の行き先を訊いたか」

「年寄りは、旦那が贔屓にしている小料理屋かも知れねえ、と言ってやした」

「花乃屋か！」

思わず、唐十郎の声が大きくなった。

「花乃屋に行ってみよう」と唐十郎は言い添えた。

唐十郎たち三人は、小柳町一丁目にむかった。町人地のつづく通りを西にむかっていっとき歩くと、唐十郎と弥次郎が路傍に足をとめた。その辺りは、小柳町一丁目である。

「花乃屋の斜向かいにある店が、富沢屋という料理屋でな。この辺りの住人は、富沢屋を知らない者はいないので、道に迷ったら富沢屋はどこか訊けばいい」

と、唐十郎が弐平と弥次郎に目をやって言った。

「富沢屋のことは、聞いたことがありやす」

そう言って、弐平がうなずいた。

「どうする、佐川がいるかどうか、花乃屋を覗いてみるか」

唐十郎が言った。

「あっしが、覗いてきやしょう。……あっしは、まだ知られてねえ。客のふりして、店を覗いてみやすよ」

そう言って、弐平が花乃屋にむかって歩きだした。路傍にいる唐十郎と弥次郎から、すこし離れたとき、ふいに弐平の足がとまった。

花乃屋の出入り口の格子戸が開いて、職人ふうの男がふたり、つづいて女将らしい年増が姿を見せたのだ。

弐平は、慌てて路傍に身を引いた。そして、職人ふうのふたりの男と年増に、あらためて目をむけた。

男のひとりが、年増に、「女将、また来るぜ」と声をかけ、花乃屋から離れた。

ふたりの男は、花乃屋の客らしい。

女将は、ふたりの男が店先から離れると、踵を返して店内にもどった。

弐平はふたりの男が花乃屋から半町ほど離れると、慌てて跡を追った。そして、追いつくと、「店内に、佐川というお侍は、いなかったか」と訊いた。

「佐川の旦那は、いなかったな。あっしは、花乃屋で佐川の旦那と何度か会って、話したことがあるんでさァ」

年上と思われる男が言うと、もうひとりの男は、口を閉じたままうなずいた。

「いなかったかい。……仕方ねえ。また、来るか」

弐平はそう言って、ふたりの男から離れると、小走りに唐十郎と弥次郎のそばにもどった。

「花乃屋に、佐川はいたか」

すぐに、唐十郎が訊いた。

「それが、いねえんでさァ」

弐平が肩を落として言った。

「仕方がない。出直すか。……なに、佐川の住み家は分かってるんだ。そばに、道場もある。別の地に、身を隠すようなことはないはずだ」

唐十郎が言うと、その場にいた男たちがうなずいた。

第三章　攻防

1

「佐々野、吉崎、途中まで一緒にいこう」

唐十郎が、ふたりの門弟に声をかけた。

唐十郎の脇に、弥次郎が立っている。ふたりは、門弟たちの稽古が終わった後、小袖と袴に着替えていた。これから、和泉橋の先まで行って、門弟を襲ったり、狩谷道場のことを探ったりしている者がいないかどうか、確かめるつもりだった。それというのも、二日前にふたりの門弟が、数人の若い武士に取り囲まれ、狩谷道場の門弟のことや道場主の唐十郎や師範代のことを執拗に訊かれたからである。

佐々野と吉崎は門弟たちの稽古が終わった後も残って、竹刀の素振りや打ち込みの稽古をしたので、帰りがすこし遅くなったのだ。

「お供できるのは、和泉橋の手前までですが」

佐々野が言った。和泉橋は、神田川にかかっている。道場からは近かった。

「分かっている」

唐十郎は、佐々野と吉崎の家が、和泉橋の手前の道に入った先にあることを知っていた。ふたりが居残って稽古をしていたのも、家が近いからである。

唐十郎たち四人は道場を出ると、御徒町通りを和泉橋にむかった。いっとき歩くと、前方に和泉橋が見えてきた。様々な身分の老若男女が、神田川沿いにある道を行き来している。

和泉橋のたもと近くまで来ると、

「それがしと、吉崎はここで」

そう言って、佐々野が路傍（ろぼう）に足をとめた。脇にいた吉崎も足をとめ、唐十郎と弥次郎にちいさく頭を下げた。

「ふたりとも、気をつけて帰れよ」

唐十郎が、佐々野と吉崎に声をかけた。ふたりは、あらためて唐十郎と弥次郎に頭を下げ、左手の通りに入った。その通りをいっとき歩くと、武家地になり、佐々野と吉崎の住む家があるのだ。

唐十郎は弥次郎とふたりだけになると、和泉橋のたもと近くを見回した。狩谷道場の門弟を探ったり、様子を見て襲おうとしている武士はいないかと確かめたのである。

「それらしい男は、いません」

弥次郎が言った。

「ともかく、橋を渡ってみよう」

唐十郎が言い、弥次郎とふたりで和泉橋を渡った。

ふたりは渡った先の柳原通りを横切り、武家屋敷のつづく通りを南にむかった。いっとき歩くと、武家屋敷はなくなり町人地になった。その辺りは岩本町である。岩本町は狭く、その先にも武家地が広がっていた。佐川道場は、その武家地にある。

ふたりは、見覚えのある蕎麦屋の脇の道に入った。そして、武家屋敷のつづく通りをいっとき歩くと、前方に板塀をめぐらせた道場が見えてきた。佐川道場である。

ふたりは路傍に足をとめ、あらためて佐川道場に目をとめた。佐川道場は以前見たときと同じように、表の板戸が閉まっている。

「誰かいるようです！」

弥次郎が、身を乗り出して言った。

「いるな！」

　唐十郎は、道場内で足音がするのを耳にした。ひとりだけの足音である。

「下働きの男かな」

　弥次郎が、小声で言った。以前、唐十郎は弥次郎らと一緒に近くまで来たとき、道場主である佐川の家で下働きをしている年寄りと顔を合わせ、話を聞いたことがあったのだ。

「足音が、ちがう。下働きの年寄りではないぞ」

　唐十郎が、弥次郎に身を寄せて言った。

　足音は、道場の戸口に近付いてきた。出てくるらしい。唐十郎と弥次郎は、慌てて道場の脇に身を隠した。

　道場の表戸が一枚開き、若い武士がひとり姿を見せた。小袖に袴姿で、大小を差していた。手に竹刀を持っている。

「門弟では、ないか」

　唐十郎が声をひそめて言った。

「そのようです。……竹刀を取りにきたのではないでしょうか」

　弥次郎が言うと、

「家で、素振りでもするつもりで、竹刀を取りにきたのだろう」

唐十郎が、身を乗り出して言った。

「どうします」

弥次郎が訊いた。

「あの男を捕らえて、話を聞いてみるか」

そう言って、唐十郎が男に近付こうとしたが、その足がとまった。数人の供を連れた武士の姿が、目にとまったのだ。

「あの武士の一行が、通り過ぎてからだな」

唐十郎がそう言い、武士の一行が通り過ぎるのを待って道場の脇から通りに出た。弥次郎が、唐十郎に続いた。

前を行く男との距離は広がったが、その姿ははっきりと見えた。男は、柳原通りの方に足をむけて歩いていく。さらに、男は武家屋敷のつづく通りを北に向かって歩き、神田川にかかる和泉橋のたもと近くに出た。

「ここで、あの男をつかまえるか。……ここからなら、俺の道場まで遠くないぞ」

唐十郎が言うと、弥次郎が頷いた。

唐十郎と弥次郎は、男の跡を追った。そして、人通りの多い柳原通りに出ると、小走りになって男に迫った。

唐十郎は男の脇に身を寄せると、小刀の柄に右手を添え、

「逃げようとすれば、この場で斬る！」

と、語気を強くして言った。

一方、弥次郎は素早く唐十郎の反対側にまわり、小刀の柄をつかんだ。いつでも抜刀して男に切っ先をむけ、逃げ道を塞ぐつもりなのだ。

「話を聞くだけだ。俺たちの言うとおりにすれば、すぐに帰してやる」

唐十郎が言うと、男は首をすくめてうなずいた。

唐十郎と弥次郎は、男の左右に体を寄せて挟むように立ち、人通りの多い柳原通りを横切り、和泉橋を渡った。そして、神田松永町にある狩谷道場へ男を連れ込んだ。

道場内は人気がなく、ひっそりとしていた。門弟たちの汗の臭いが、かすかに残っている。

2

「ここに、腰を下ろせ」

唐十郎がそう言い、捕らえてきた男を道場の床に座らせた。男は唐十郎に言われるままに座し、前に立った唐十郎を見上げた。まだ、顔が蒼褪(あおざ)め、体が小刻みに震(ふる)えている。

「まず、名を聞こう」

唐十郎が穏(おだ)やかな声で言った。

「し、柴山峰太郎(しばやまみねたろう)……」

男は声をつまらせて名乗った。名を隠す気は、ないようだ。

「柴山か……。道場主の佐川だがな、松永町にある俺の道場を目(め)の敵(かたき)にして、門弟たちを襲い、怪我(けが)を負わせたり、時には命まで狙(ねら)ったりしているが、なぜだ」

唐十郎は、佐川がなぜ狩谷道場の門弟たちを狙うか予想できたが、念のために訊いてみたのである。

「か、狩谷道場の評判を落とすためだ。……門弟たちが、剣術の稽古帰りに斬られて怪我をしたり、死んだりすれば、誰もが、何のために道場に通っているのだ、と思うはずだ。……それに、道場をやめる門弟も出てくる」

柴山が体を震わせて話した。

「そうかもしれん。だが、門弟たちがやめるようになり、評判を落とすだけではないぞ。道場がつづかなくなるかもしれん。……佐川は、何を狙っているのだ」

唐十郎が、柴山を見つめて訊いた。

「そ、それは……」

柴山は言いよどんだ。

「これだけ、佐川のことを話したのだ。隠すことはあるまい」

「い、いずれ、道場主と師範代を討つつもりらしい」

柴山は、唐十郎と弥次郎に目をやって首を竦めた。ふたりを目の前にして、言いづらかったようだ。

「そうか。俺と本間を討つ気なら、初めから俺たちを狙って、門弟たちに手を出さなければいいのに……。俺と本間が討たれれば、それ以上、何もしなくても道場はつぶれるからな」

　唐十郎がそう言って、弥次郎に目をやると、

「俺はともかく、道場主のご嫡男である唐十郎様がいなくなれば、狩谷道場の門を閉めるしかない」

　弥次郎が、語気を強くして言った。

　次に口を開く者がなく、その場が重苦しい沈黙につつまれたとき、

「ところで、佐川はいつ道場を開く気でいるのだ。先に、俺と本間を斬る気なのか」

　唐十郎が訊いた。

「ひ、開くのは、今からひと月ほど後らしい。……道場主が、口にしたのを耳にしたことがある。開くといっても、特別なことをする訳ではない。道場を開け、今もつながりのある門弟たちを集めて、稽古するだけだ。そうしているうちに、新たに門弟が、くわわるとみているようだ」

　柴山が声をつまらせて言った。

「ひと月ほど後か……。もっとも、今も道場に出入りしている門弟たちと、稽古するだけだろうからな」

　唐十郎が言うと、柴山が首をすくめてうなずいた。

　次に口を開く者がなく、その場が重苦しい沈黙につつまれたとき、

「門弟たちだが、今も佐川道場に出入りしているのは、何人ほどいるのだ」

　唐十郎が訊いた。

「五、六人かな」

　柴山が首を捻った。はっきりしないようだ。

「五、六人……。すくないな。それだけでは、まともな稽古はできまい。五、六人といっても、都合で稽古に来られない門弟が、何人かいるはずだからな」

　唐十郎が、呆れたような顔をして言った。

「そのことは、佐川様も承知している。ただ、道場で稽古を始めれば、新たに入門する者がいるはずだし……」

　柴山は、語尾を濁した。

「どうかな。そう簡単に、門弟は増えないぞ」

　唐十郎が言うと、弥次郎が頷いた。

「も、門弟が、簡単に集まらないことを知っているから……」

　そう言って、柴山は上目遣いに唐十郎を見た。

「知っているから、何だ」

唐十郎が、話の先をうながした。

「か、狩谷道場を……」

柴山が、声を震わせて言った。

「俺の道場を、どうするつもりだ」

唐十郎が、語気を強くして訊いた。

「も、門弟たちを襲って、狩谷道場に通えなくすれば、鞍替えして、佐川道場の門弟になる者が増えるはずだ」

柴山が小声で言った。

「それで、門弟たちの帰りを狙って襲ったのだな」

唐十郎の顔が、憤怒で赤くなった。

「こ、殺さずに、怪我をおわせる程度に痛め付けろと……」

柴山が首を竦めて言った。

「佐川が、今も道場に出入りしている門弟たちに話したのか」

「……」

柴山は、口を閉じたまま うなずいた。

次に口を開く者がなく、その場が重苦しい沈黙につつまれたとき、

「ところで、佐川の指図で動く門弟は、何人もいるのか」

唐十郎が、声をあらためて訊いた。

柴山はいっとき口をつぐんで、門弟たちのことを思い浮かべているようだったが、

「稽古はしなくても、道場に出入りしている門弟は、五、六人いる。稽古を始めれば、二十人ほどの門弟が顔を出すと思うが、道場主の指図で動く者は何人かではないかな」

と、小声で言った。

「道場を開ければ、二十人もの門弟が集まるか。……多いな」

唐十郎が、つぶやいた。

次に口を開く者がなく、その場が重苦しい沈黙につつまれたとき、

「お、おれを帰してくれ。おぬしたちふたりのことは、何も言わないから」

と、柴山が声をつまらせて言った。

「俺たちは、おまえを斬る気はない。ここで、放してやる。……ただ、殺されたくなかったら、しばらく佐川から離れていろよ」

そう言って、唐十郎が柴山に顔をむけた。

「……！」

柴山は驚いたような顔をして、唐十郎を見た。

「おぬしが、俺の道場に連れ込まれたことは、佐川の耳にすぐに入るぞ。おぬしが俺たちと一緒に歩いているのを見た者は、大勢いるからな」

「そ、そうかも知れねえ！」

柴山の顔から、血の気が引いた。

「しばらく、どこかに身を隠せるか」

唐十郎が訊いた。

柴山は口をつぐんだまま記憶をたどるような顔をしていたが、

「伯父の家が薬研堀近くにあるので、そこに……」

と、声をひそめて言った。

「ほとぼりが冷めるまで、伯父の家に身を隠すのだな。なに、そう長い間ではない。そのうち、道場の啀み合いは終わる」

唐十郎はそう言った後、柴山に、すぐに佐川道場から離れて、伯父の家に身を隠すよう話した。

柴山は唐十郎と弥次郎に頭を下げると、肩を落として狩谷道場から出ていった。

3

柴山から話を聞いた翌日だった。唐十郎は門弟たちとの稽古を終え、母家で稽古着を着替えてから道場にもどると、

「本間、出掛（でか）けるか」

と、弥次郎に声をかけた。

弥次郎も着替え、小袖に袴姿になっている。唐十郎は稽古を終えたら、弥次郎とふたりで、佐川道場を見に行くことになっていたのだ。

柴山の話だと、佐川が道場を開くのは、ひと月ほど後らしい。唐十郎は、ひと月ほど後に道場を開くなら、そろそろ普請（ふしん）を始めるだろうとみて、道場の様子を見に行ってみようと思ったのだ。もっとも、普請といっても、出入り口付近だけか、床板を張り替（か）えたりするだけなら、それほど日数はかからないだろう。

「行きましょう」

すぐに、弥次郎が言い、ふたりは道場の戸口から出た。

唐十郎と弥次郎は、狩谷道場のある神田松永町から御徒町通りを南にむかい、神田川にかかる和泉橋を渡った。このところ、唐十郎たちは、何度も佐川道場のある武家地に出掛けていたので、その道筋は分かっていた。橋を渡った先に広がっている武家屋敷の通りを経て、町人地の岩本町に入った。そして、岩本町を過ぎ、南方に広がる武家地に入った。佐川道場は、その武家地にある。

前方に佐川道場が見えてくると、唐十郎と弥次郎は路傍に足をとめた。

「まだ、普請をしている様子はありませんね」

弥次郎が、佐川道場を見つめて言った。

「そうだな」

唐十郎がうなずいた。道場の普請は、まだ始まっていないようだ。普請を請け負ったと思われる職人ふうの男や大工らしい男の姿もなかった。

「もうすこし近付いてみるか。道場内から、足音が聞こえてくるような気がするが……」

唐十郎が、小声で言った。

「行ってみましょう」

弥次郎が言い、ふたりは通行人を装って道場にむかった。

ふたりは道場の手前まで来て、路傍に足をとめた。

「おい、道場のなかで、やはり足音が聞こえたぞ」

唐十郎が、声をひそめて言った。身を乗り出すようにして道場を見ている。

「誰かいるようだ」

弥次郎がつぶやいた。

道場内から、足音が聞こえた。ふたりいるらしい。

「出てくるぞ！」

唐十郎はそう言って、弥次郎と一緒に道場から半町ほど先にあった武家屋敷の脇に身を隠した。身分の高くない御家人の屋敷らしい。

道場の脇の板戸が開いて、武士がふたり姿を見せた。歳は十七、八であろうか。ふたりとも小袖に袴姿で、大小を差していた。ただ、身分の低い御家人の子弟らしく、衣類は上物ではないようだ。

ふたりは何か話しながら、唐十郎と弥次郎が身を隠している方へ歩いてくる。

「都合よく、あのふたりから話が聞けそうだぞ」

唐十郎が、ふたりの武士に目をやったまま言った。

「俺が話を聞く。本間は、後ろから来てくれ」

唐十郎が言うと、弥次郎がうなずいた。

唐十郎は、ふたりの武士が目の前を通り過ぎて半町ほど過ぎたところで、武家屋敷の脇から出た。そして、小走りにふたりの武士の跡を追い、近付いたところで、「しばし、しばし！」と、声をかけた。

ふたりの武士は、足をとめて振り返った。そして、唐十郎を目にすると、戸惑うような顔をした。いきなり、見知らぬ武士に声をかけられたからだろう。

「何か、御用ですか」

年上と思われる丸顔の武士が、唐十郎に訊いた。

「いや、ふたりが、そこにある剣術道場から出てきたのを目にしたのだ。道場とかかわりのある者かな」

唐十郎が、笑みを浮かべて訊いた。

「門弟です。……ただ、入門してから一年ほど稽古しただけで、その後は稽古してないので、剣術の方は駄目です」

丸顔の武士が、苦笑いを浮かべて言うと、

「それがしも、一年ほど稽古しただけです」

もうひとりの面長の武士が、脇から口を挟んだ。

「今日は、道場に何かあって見えられたかな」

唐十郎が、ふたりに目をやって訊いた。

「そうです。実は、道場を近いうちに開くと聞いて、様子を見に来たのです。……門弟のときに遣った竹刀や木刀が、まだ道場に残っているかどうか見てみました」

丸顔の武士が言った。こちらが、年上かも知れない。

「それで、道場の修繕は終わったのかな。外から見ると、あまり変わった様子は見られませんが」

唐十郎が訊くと、ふたりの武士は顔を見合わせた後、

「終わったようです。……外から見ただけでは変わりありませんが、傷んでいた床板は張り替えられ、正面にある師範座所などは畳が新しくなってました」

丸顔の男が、笑みを浮かべて言った。

「そうか、道場の修繕といっても、外回りにはあまり手をつけず、道場内が主だったのだな」

唐十郎が、もっともらしく言った。自分は道場主の子として育ったので、道場

内の傷んだところを先に修繕したい気持ちは分かった。道場の外部はともかく、道場内が傷んでいたのでは、肝心の稽古ができないからだ。

「それで、道場はいつごろ開くのかな」

唐十郎が訊いた。

「道場主の佐川さまは、ひと月ほどすれば道場を開いて、稽古ができるようになると話されましたが」

丸顔の武士が言うと、傍らにいた面長の武士がうなずいた。ふたりは、ほっとしたような顔をしている。

「道場主の佐川どのは、道場におられたのかな」

唐十郎は、佐川の名を口にした。

「いません。ちかごろ、佐川様は道場にいないことが多いんです。……稽古のできない道場に籠っているのは、辛いんでしょうね」

丸顔の男が、眉を寄せて言った。

「佐川どのは、どこにおられるのかな。せっかく、ここまで来たのだから、佐川どのにお会いして、稽古のことをお聞きしたいのだが……」

唐十郎が言うと、丸顔の男がそばに立っていたもうひとりの面長の武士に目を

やり、

「花乃屋かな」

と、小声で訊いた。

丸顔の男は、「見ず知らずの方に、花乃屋のことは話さない方がいいぞ」と声をひそめて言った後、

「それがしたちは、急いでいますので、これで」

と、唐十郎に顔をむけて言った。そして、面長の武士とふたりで、足早にその場から離れた。どうやら、佐川が花乃屋に出掛けていることを知られたくないらしい。

4

「花乃屋に行ってみるか」

唐十郎が、弥次郎に声をかけた。

「行ってみましょう」

弥次郎も、その気になっている。

唐十郎と弥次郎は、花乃屋のある小柳町一丁目にむかった。ふたりとも、花乃屋を探ったことがあったので、そこまでの道筋は分かっている。

ふたりが一丁目に入り、いっとき歩くと、富沢屋の斜向かいにある小料理屋の花乃屋が見えてきた。富沢屋は料理屋である。

唐十郎は路傍に足をとめ、

「さて、どうする」

と、弥次郎に訊いた。弥次郎も、唐十郎の脇に足をとめて花乃屋に目をやっている。

花乃屋の店先に、暖簾(のれん)が出ていた。店内から、かすかに男と女の談笑の声が聞こえる。店の女将と客であろう。

「店に入って佐川がいるかどうか確かめたいが、店内で顔を合わせると大騒ぎになるだろうな」

弥次郎が、花乃屋を見つめながら呟(つぶや)いた。

「佐川が店にいたとしても、表に連れ出すのは無理だろうな」

唐十郎は、花乃屋に踏み込まずに、店から出てくるのを待つより他に手はない、と思った。弥次郎も、踏み込むのは無理と思ったらしく、それ以上何も言わなかった。

唐十郎と弥次郎が路傍に立ったまま小半刻ほど経ったとき、花乃屋の格子戸が開いた。姿を見せたのは、店の女将と商家の旦那ふうの男がふたりだった。唐十郎たちは以前花乃屋を探ったとき、女将の顔を目にしていたのですぐに分かった。ふたりの男は商談でもあって、花乃屋に立ち寄ったのだろう。

女将は店先からふたりの男が遠ざかると、踵を返して店内にもどった。

「あのふたりに佐川がいるかどうか、訊いてみます」

弥次郎がそう言い残し、小走りにふたりの男の跡を追った。

弥次郎は花乃屋から半町ほど先でふたりの男に追いつくと、何やら声をかけ、話しながら歩いていたが、いっとき歩いたところで弥次郎が足をとめた。そして、ふたりの男が離れると、弥次郎は踵を返し、小走りに唐十郎のそばにもどってきた。

「花乃屋に、佐川はいたか」

すぐに、唐十郎が訊いた。

「それが、小半刻ほど前、佐川は店を出たようです」

弥次郎はそう言った後、

「今、話を聞いた男によると、佐川は花乃屋にいたとき、ひとりでなく師範代と一緒だったようです」

と、唐十郎に身を寄せて言った。

「師範代だと！　佐川道場の師範代か」

唐十郎が、声高に訊いた。まだ、師範代のことは耳にしていなかったのだ。

「そうです。まだ若い男で、佐川は田崎と呼んでいたようです」

弥次郎の声も昂っていた。

「田崎な。……初めて聞く名だが、前から師範代だったのか」

「いつから師範代だったのか、分かりません。近頃、佐川が師範代に指名したのかもしれません」

「道場を開くためかもしれない。道場主だけでなく師範代がいないと、門弟たちもまともに稽古ができないからな」

唐十郎が弥次郎に目をやって言うと、

「そんなことは、ありませんが……。佐川は本当に近いうちに、道場を開くつもりかもしれません」

弥次郎が、照れたような顔をして言った。

「いよいよ、道場を開くということか……」

唐十郎が、顔を険しくしてつぶやいた。

いっとき、唐十郎と弥次郎は口をつぐんでいたが、

「これで、うちの道場の門弟に、手を出すようなことはないかもしれない」

と、弥次郎が小声で言った。

「それは、どうかな。佐川道場に門弟が集まるかどうかだな。門弟が集まらなければ、これまで以上に、俺たちの道場に通う門弟たちを襲うぞ。そのときの状況によっては、斬り殺すかもしれん」

唐十郎はそう言って、虚空を睨むように見据えた。

「……！」

弥次郎が、黙したまま小さくうなずいた。目がつり上がり、いつになく険しい顔をしている。

「いずれにしろ、佐川道場をこのままにしておくことは、できないな」

唐十郎はそう言った後、

「このまま道場へ帰る気にもなれない。……どうだ、せっかく来たのだ。佐川道場にもどり、新しい師範代のことを近所で訊いてみるか。田崎という男の居所が

分かれば、どんな男か探ってみるのだ」

と、弥次郎に目をやって訊いた。

「分かりました」

弥次郎が、顔をけわしくしてうなずいた。

唐十郎と弥次郎は来た道を引き返し、佐川道場にむかった。

ふたりは、前方に佐川道場が見えてくると路傍に足をとめた。

「変わりないな」

唐十郎が、佐川道場に目をやってつぶやいた。花乃屋に行く前に見たときと変わりない。道場の表戸はしまったままで、道場内はひっそりとしている。

「道場には、誰もいないようだ。近所で、師範代になったという田崎のことを訊いてみるか」

唐十郎が言うと、

「道場の先に何軒かの武家屋敷がありますが、屋敷から出て来る者や通りかかる武士がいたら、田崎のことを訊いてみます」

そう言って、弥次郎が通りに目をやった。

唐十郎と弥次郎は、道場の近くの路傍に立って、武家屋敷や通りかかる者に目をやった。待つまでもなかった。ふたりが路傍に立って間もなく、道場の先にある武家屋敷の表門の脇から、中間（ちゅうげん）らしい男がふたり姿を見せた。ふたりは何か話しながら、唐十郎たちの方へ歩いてくる。

「あのふたりに、訊いてみますか」

弥次郎が言った。

「そうだな。近くの武家屋敷に奉公する者なら、田崎という男のことも知っているだろう」

唐十郎は、ふたりの男が近付くのを待ち、

「足をとめさせて、すまないが、訊きたいことがあるのだ」

と、声をかけた。

「な、何でしょうか」

年上と思われる大柄な男が、声をつまらせて訊いた。いきなり、見知らぬ武士に声をかけられたので、驚いたのだろう。

「そこに、剣術道場があるな」

唐十郎が、道場を指差して言った。

「ありやすが……」

大柄な男が、道場に目をやった。

「道場の師範代の田崎どのを知っているか」

「知ってやす」

大柄な男が言うと、もうひとりの若い男がうなずいた。

「田崎どのは道場の師範代らしいが、この近所に住んでいるのかな。近くなら立ち寄って、道場のことを訊いてみたいのだが」

唐十郎が、ふたりの男に目をやって訊いた。

「近所ではないようですよ。……田崎様は遠くから通っていると、聞いた覚えがありますから」

若い男が言った。

「遠くから、通っているのだな」

「そう聞きやした」

「田崎どのの家は遠いのか。……手間を取らせたな」

唐十郎が礼を言うと、ふたりの男はあらためて唐十郎と弥次郎に頭を下げてから、その場を離れた。

「どうします」

弥次郎が、唐十郎に訊いた。

「今日のところは、道場に帰るか。……田崎と顔を合わせる機会があれば、話を聞けばいい。田崎の住まいをつきとめるのは、大変だからな」

唐十郎が言うと、弥次郎がうなずいた。

5

「気をつけて帰れよ」

唐十郎は、道場から出ていく二人の若い門弟に声をかけた。ふたりの名は、島崎と矢野である。

「はい、寄り道をしないで帰ります」

島崎が言うと、矢野は黙って頭を下げた。

島崎と矢野は他の門弟たちと一緒に稽古した後、道場内に残り、打ち込みや竹刀の素振りなどを半刻ほどしてから着替え、これから帰るところだった。

唐十郎は、島崎と矢野が道場から出るのを見送った後、

「本間、どうする。久し振りで、俺たちも竹刀の素振りでもするか」

と、傍らにいた弥次郎に訊いた。

「やりましょう。このところ、出掛けることが多く、まともな稽古ができなかったので、体が鈍(なま)ってます」

「俺も、そうだ」

弥次郎の言うとおり、唐十郎も佐川道場や小料理屋の花乃屋などに出掛けることが多く、自分の稽古をすることが少なかった。

「まず、素振りからだな」

そう言って、唐十郎は道場に立つと、竹刀の素振りから始めた。

弥次郎も、すぐに唐十郎と並んで竹刀の素振りを始めた。それから、素振りや打ち込みなどの稽古を半刻ほどつづけたろうか。道場に走り寄る足音が聞こえ、表戸が開けられた。そして、道場の入口の土間に入ってくる足音がし、

「お師匠(ししょう)！　大変です」

と、男の声が聞こえた。半刻ほど前に道場を出た島崎の声である。

唐十郎と弥次郎は竹刀を手にしたまま、戸口にむかった。そして、戸口に立っている島崎に、「どうした、島崎！」と声をかけた。

「た、大変です！　佐々野が」

島崎が、声をつまらせて言った。走って道場にもどったらしく、苦しげに肩で息をしている。

「佐々野に、何かあったのか」

唐十郎が、身を乗り出して訊いた。佐々野は、狩谷道場の門弟のひとりである。

「佐々野が、和泉橋の手前で！」

「どうした！」

唐十郎の声が、大きくなった。

「何者かに襲われて……」

島崎が言った。

「なに！　襲われたと。それで、佐々野は、殺されたのか」

「いえ、怪我だけです」

島崎が声をつまらせながら、佐々野が血塗(ちまみ)れになっていることや、先に出た門弟の何人かが佐々野のそばについていることなどを話した。一緒に道場を出た矢野も、その場に残っているという。

「行ってみよう」

唐十郎は袴の股立(ももだち)を取ると、竹刀を道場の正面にある師範座所の脇に置き、弥次郎とともに、島崎の後につづいた。

唐十郎と弥次郎は表通りに出ると、島崎の先導で和泉橋にむかった。いっとき小走りで表通りを南に進むと、前方に神田川にかかる和泉橋が見えてきた。

「あそこだ！」

弥次郎が、前方を指差して言った。

和泉橋のすこし手前に、人だかりができている。門弟らしい男が何人かいるのが、見てとれた。

唐十郎たちはさらに足を速め、人だかりのそばまで来た。すると、何人かの門弟が唐十郎たちに気付いたらしく、「道場主の狩谷様だ！」「師範代の本間様も、一緒だぞ！」などと声を上げた。そして、唐十郎たちが近付くと、集まっていた門弟たちが左右に身を引いて、その場をあけた。

人だかりのなかに、右の脇腹辺りを両手で押さえて蹲(うずくま)っている門弟の佐々野の姿が見えた。腹の辺りの小袖が、血に染まっている。

唐十郎は佐々野のそばに屈(かが)むと、腹部の傷口に目をやり、

「佐々野、しっかりしろ！　命にかかわるような傷ではないぞ」

と、声をかけた。弥次郎も心配そうな顔をして、佐々野の傷を見ている。

佐々野は顔を唐十郎にむけ、

「い、いきなり、ふたりの男が駆け寄ってきて……！」

と、声をつまらせて言った。

「佐々野、話を聞くより、手当が先だ！」

唐十郎はそう言って、近くにいた門弟たちに、「傷口に当てるような布はないか、あれば出してくれ」と声をかけた。

すると、近くにいたふたりの門弟が、畳んだ手拭いを懐から出して、「これを使ってください」と言って、差し出した。

「すまんな」

唐十郎は畳んだ手拭いを手にし、佐々野の傷口に押し当てた。

「佐々野、この手拭いを手で押さえろ。……しばらくすれば、出血がとまるかもしれん。とまらなくても、出血はすくなくなるはずだ」

唐十郎が言うと、佐々野はちいさく頷き、両手で手拭いを押さえた。手拭いはすぐに血に染まったが、急激に広がっていく様子はなかった。佐々野の顔の不安そうな表情が消えている。

佐々野のそばにいた門弟たちの顔にも、安堵の色があった。

唐十郎は、さらに佐々野に身を寄せ、

「佐々野、おまえをこのような目に遭わせたのは、何者だ」

と、小声で訊いた。唐十郎のそばには門弟たちだけでなく、通りすがりの者たちが足をとめて見ていたので、大きな声で訊けなかったのだ。

「名は知りませんが、ふたりの武士がいきなり駆け寄り、狩谷道場の者か、と訊いたのです。……。そうだが、おぬしたちは、と訊き返すと、ふたりは何も言わずに刀を抜いて斬りつけたのです」

佐々野が、顔をしかめて話した。そのときのことを思い出したのだろう。

「そうか。……ふたりについて、他に耳に残っていることはないか」

さらに、唐十郎が訊いた。

「あります。それがしを斬りつけた後、ひとりが、これで、田崎様にも話せるな、と別のひとりに声をかけたのを耳にしました」

佐々野が、唐十郎を見つめて言った。

「田崎だと！」

そのとき、唐十郎は、佐川道場の師範代の田崎のことを思い出した。佐々野を襲ったのは、田崎に先導された佐川道場の門弟たちではあるまいか。

するると、唐十郎の脇にいた弥次郎が、

「佐々野を襲ったのは、佐川道場の門弟だった者たちかもしれません」

と、小声で言った。佐川道場はまだ開いてないので、門弟だった者たち、と口にしたようだ。

「俺も、そう見ている」

唐十郎はそう言った後、その場にいた門弟たちに顔をむけ、

「佐々野の傷は、しばらくの間、無理さえしなければ治る。……また、道場に通って稽古できるようになるから、心配せずにそれぞれの家に帰ってくれ」

と、声をかけた。

門弟たちは、うなずいたり、近くにいた他の門弟に声をかけたりして、ひとりふたりとその場から離れた。

「佐々野、俺と本間のふたりで、家の近くまで送っていくから安心してくれ。それに、二度とこのようなことのないように、手を打つつもりでいる」

唐十郎が言うと、弥次郎がうなずいた。

「ありがとう、ございます」

佐々野が、深々と頭を下げた。

6

唐十郎は弥次郎とふたりで佐々野を家の近くまで送った後、道場にもどりながら、

「何か手を打たないと、これからも門弟が、佐川道場の者たちに襲われるかもしれない」

と、弥次郎に話しかけた。

「それがしも、そうみています」

弥次郎の顔にも、困惑(こんわく)の色があった。

「やはり、佐川に新たに道場を開くのを諦(あきら)めさせるか。そうでなければ、佐川を討つしかないな」

唐十郎が言うと、弥次郎が何か思いついたような顔をして路傍に足をとめた。

「どうした、本間」

唐十郎も、足をとめた。

「ここまで来たので、佐川道場を覗いてみますか」

弥次郎が言った。

「そうだな。ここから、佐川道場は遠くないからな」

唐十郎と弥次郎は来た道を引き返し、ふたたび和泉橋の方に足をむけた。

ふたりは、佐々野が襲われた場所を通り過ぎ、神田川にかかる和泉橋を渡った。そして、柳原通りを横切り、武家地を抜けて岩本町に入った。

岩本町の道筋をいっとき歩くと、ふたたび武家地に入り、前方に道沿いにある佐川道場が見えてきた。

「道場の表戸は、閉まっているな」

唐十郎が、路傍に足をとめて言った。佐川道場の表の板戸は、閉まっていた。道場はひっそりとしている。

「門弟たちは、いないようだ」

唐十郎が言った。門弟たちが何人かいれば、稽古中でなくても、話し声や床を踏む音などが聞こえるはずだ。

「近付いてみますか」

弥次郎が、唐十郎に顔をむけて訊いた。

唐十郎が言い、弥次郎とふたりで通行人を装って道場に近付いた。

道場の脇まで来た時、弥次郎が路傍に足をとめ、

「道場内に、誰かいるようですよ」

と、声をひそめて言った。

「いるな。足音がする」

唐十郎も、道場の床を踏む足音を耳にした。

「ふたりのようです」

弥次郎が言った。足音から、ふたりいるとみたらしい。

「出てくるぞ！　身を隠そう」

床を踏む足音から、ふたりが戸口に近付いてくるのが分かった。道場から出てくるらしい。

唐十郎と弥次郎は、道場からすこし離れた場に身を隠した。そこは、道沿いにある武家屋敷の脇だった。武家屋敷といっても、身分の低い御家人の家らしく、門や塀などはなかった。

ふたりは御家人の家の脇に身を隠し、道場の表戸に目をやっていた。待つまで

もなく、道場の脇の板戸が開き、武士がふたり姿を見せた。ふたりとも、まだ若いようだ。小袖に袴姿で、大小を差している。

ふたりの武士は表通りに出ると、何やら言葉を交わし、その場で分かれた。どうやら、ふたりの住む家は離れた場所にあるらしい。

都合よく、小柄な武士がひとり、唐十郎と弥次郎が身を隠している武家屋敷の方へ歩いてくる。

「あの男に、訊いてみますか」

弥次郎が小声で言った。

「そうしよう」

唐十郎も、武士が門弟なら佐川の居所も知っているのではないかと思った。

武士はひとり、唐十郎たちのいる武家屋敷の方に近付いてきた。

「俺が、あの男の前に出る。本間は、後ろにまわってくれ」

そう言って、唐十郎は武家屋敷の脇から通りに出た。

つづいて弥次郎も通りに出ると、路傍を足早に歩き、武士に近付いていった。

一方、唐十郎は道端に立ったまま、武士が近付いてくるのを待っていた。

先に通りに出た弥次郎は通行人を装い、武士の脇を通り、半町ほど離れてから足をとめて踵を返した。そして、武士の背後へ足をむけた。

　唐十郎は武士が近付くと、道端から出た。そして、道のなかほどに立って、武士の行く手に立ち塞がった。

　武士は道を塞いでいる唐十郎を目にし、戸惑うような顔をして足をとめ、

「それがしに、何か用があるのか」

と、顔を強張（こわば）らせて訊いた。

「ちと、訊きたいことがあるだけだ」

　唐十郎は、穏やかな声で言った。

「何を訊きたい」

　武士が、唐十郎を睨むように見据えた。唐十郎を警戒しているらしい。

「佐川道場は、いつごろ開くのだ」

　唐十郎は、核心から訊いた。

「おぬしは、佐川様の道場と何かかかわりがあるのか」

　武士の顔から、警戒の色は消えなかった。

「いや、道場を開いたら、俺の弟を入門させたいと思ってな」

　唐十郎は、咄嗟（とっさ）に頭に浮かんだことをもっともらしく話した。

「ひと月ほど経ってからだと聞いている。道場内には修繕したいところもあるので、それが終わってからだな」

武士は、隠さずに話した。顔の警戒の色が消えている。唐十郎が口にしたことを信じたらしい。

「門弟は、大勢集まるのか」

さらに、唐十郎が訊いた。

「詳しいことは知らないが、道場を開けば、以前門弟だった者たちは、多くがもどるようだ。……それに、他の道場に通っている者も、佐川様の道場に通うようになる、と聞いている」

「他の道場な」

唐十郎は、自分の道場の門弟たちのことだろう、と見た。胸の内で、俺の道場にはそのような門弟はいない、と思ったが、そのことは口にしなかった。

「そこもとの弟も、佐川様の道場に入門させるといい。遣い手が多いので、すぐに腕を上げるぞ」

武士が胸を張って言った。自分自身も、遣い手と思っているのかもしれない。

「何事もなく、道場を開けるといいんだがな」

唐十郎は、そう呟いた後、

「ところで、道場主の佐川どのは、道場におられるのか」

と、声を改めて訊いた。

「それが、道場には姿がないのだ。……どこに、おられるのか」

武士が首を捻った。

「噂だが、佐川どのには、贔屓にしている小料理屋があると聞いた覚えがあるのだが、そこではないかな」

唐十郎は、それとなく花乃屋のことを口にした。

「そうかもしれない」

武士は呟いただけで、何も言わなかった。

「ところで、師範代の田崎どのも道場にはいないのかな」

唐十郎は、田崎の名をだした。

「田崎様のことまで、よく知ってますね。近頃、師範代になられたばかりなのに……。田崎さまも、花乃屋にいるのではないかな」

武士はそう呟いた後、「それがしは、急いでますので、これで」と言い残し、足早に唐十郎から離れた。見知らぬ武士と話し過ぎたと思ったのかもしれない。

唐十郎は武士が遠ざかると、そばに近付いてきた弥次郎に、

「花乃屋を覗いてみるか」

と、声をかけた。

花乃屋は小柳町一丁目にあり、佐川道場から、それほど遠くない。

「行ってみましょう」

すぐに、弥次郎が応じ、ふたりは花乃屋にむかった。

7

唐十郎と弥次郎は、小柳町一丁目にむかった。

一丁目に入り、いっとき歩くと、道沿いにある料理屋の富沢屋が見えてきた。小料理屋の花乃屋は、富沢屋の斜向かいにある。

富沢屋の近くまで来ると、唐十郎と弥次郎は足をとめ、花乃屋に目をやった。店先に暖簾が出ている。花乃屋は、店を開いているらしい。

「佐川と田崎は、花乃屋にいるかな」

唐十郎が、つぶやいた。

「花乃屋を覗くわけにはいかないし、また店から出てくる客をつかまえて話を聞くしかないようです」

弥次郎が言うと、

「そうだな。……他の客より先に、佐川と田崎が出てくるかもしれんぞ」

唐十郎が、花乃屋の店先を見ながら言った。

ふたりは誰か待っているような振りをして路傍に立ち、花乃屋から佐川と田崎が出てくるのを待った。

「出てこないなァ」

唐十郎が、生欠伸(なまあくび)を噛(か)み殺して言った。

唐十郎と弥次郎が、その場に立って半刻(一時間)ほど経ったろうか。佐川と田崎だけでなく、他の客も姿を見せなかった。

「客を装って、戸口から覗いてみるか」

唐十郎が、そう言ったときだった。花乃屋の表戸が開き、遊び人ふうの男と女将が姿を見せた。

唐十郎と弥次郎は、すでに女将の顔を見ていたので、すぐにそれと知れた。遊び人ふうの男は客であろうか。

男は花乃屋の戸口で女将となにやら話した後、店先から離れた。女将は男が離れると、見送るようなことはせずに、すぐに踵を返して店内にもどった。男は、あまり上客ではないらしい。

「あの男に、佐川と田崎が店にいるか、訊いてきますよ」

弥次郎がそう言って、その場を離れた。

弥次郎は、小走りに男の跡を追った。そして追いつくと、何やら声をかけ、ふたりで話しながら歩きだした。

弥次郎と男は、話しながら一町ほど歩いたろうか。弥次郎が路傍に足をとめた。そして、男が離れるのを待ってから、踵を返して唐十郎のそばに戻ってきた。

「花乃屋に、佐川と田崎はいたか」

すぐに、唐十郎が訊いた。

「ふたりとも、花乃屋にいたらしいが、今はいないようです」

弥次郎が、肩を落として言った。

「店を出た後か」

唐十郎が、残念そうな顔をした。

「そうらしい。……ふたりが店を出て間もないそうです」

「佐川と田崎は、道場にもどったのか」

「分かりません。ふたりは店の表戸から出たのではなく、裏手にある戸を開けて出たそうです」

「どういうことだ」

「佐川と田崎は女将に、日中から酒を飲んでいる姿を見られたくないので、裏から出してくれ、と頼んだようです。それは口実で、俺たちの目を暗ますためだと思いますが……」

弥次郎が言うと、唐十郎はうなずいた後、「佐川たちは、道場にもどったかな」と、つぶやいた。

「道場まで、戻ってみますか」

「そうだな。ここから遠くないから、戻ってみよう」

唐十郎はそう言って、弥次郎とふたりで来た道を引き返した。そして、道場の近くまで来ると、路傍に足をとめた。

「誰かいるな」

唐十郎が道場を見つめて言った。

道場内から、足音が聞こえた。

「足音はひとりのようです。佐川と田崎が一緒ならふたりいてもいいのだが……」

「そうだな」

唐十郎が頷（うなず）いた。道場内から聞こえたのは、ひとりの足音である。

足音は道場の戸口に近付いてきた。そして、表戸の脇の一枚が開けられ、男がひとり姿を見せた。小袖に袴姿で、大小を腰に差した若い武士である。まだ、十五、六歳であろうか。

若い武士は開けた戸を閉めた後、通りに出た。そして、唐十郎と弥次郎のいる方に近付いてきた。

「あの男に、訊いてみます」

弥次郎が言い、若い武士が目の前を通り過ぎるのを待ってから跡を追い、「しばし、しばし」と声をかけた。

若い武士は路傍に足をとめ、

「呼び止めたのは、俺ですか」

と、戸惑うような顔をして弥次郎に訊いた。

「足をとめさせて、すまないが、訊きたいことがあってな」

弥次郎が、穏やかな声で言った。

「何ですか」

「道場の表戸は閉めてあるが、道場主の佐川どのは、おられるのかな」

弥次郎が、若い武士に訊いた。

「いません。出掛けているようです」

すぐに、若い武士が言った。

「師範代の田崎どのは」

「田崎さまも、道場にはおられません」

「そうか。ふたりとも、道場を留守にするときが多いのか」

弥次郎が訊いた。佐川と田崎は、花乃屋から道場にもどっていないようだ、と胸の内でつぶやいた。

「いえ、ふたりとも、近頃、道場にいることが多くなりました。近いうちに、道場を開くことになったからです」

若い武士が、昂った声で言った。

「近いうちに開くのか」

弥次郎が、念を押すように訊いた。

「はい、半月ほどしたら、道場の傷んでいるところをなおすために、大工が入るそうです……ただ、普請が長引くと、もうすこし後になるかもしれません」

若い武士が、もっともらしく言った。

「そうか」

弥次郎は胸の内で、ひと月ほど後に自分の道場を開くのは構わないが、他の道場の門弟を襲ったり、悪口を言いふらしたりするのは、やめさせたいと思った。そのためには、佐川や師範代などの主だった者を野放しにすることはできない。

弥次郎が口をつぐむと、若い武士が、「それがしは、急いでますので」と言い、足早にその場を離れた。

弥次郎は若い武士が遠ざかってから唐十郎に近付いた。

「本間、ここ半月ほどの間に、手を打たねばならんな」

と、いつになく険しい顔をして唐十郎が言った。

「はい、道場主の佐川を討たねば、始末はつかないとみてます」

弥次郎の顔も、険しかった。

「ここ半月ほどが、勝負か」

唐十郎が、虚空を睨むように見据えて言った。

第四章　道場開き

1

唐十郎は稽古が終わって、道場から出て行く門弟たちを送り出した後、

「本間、佐川が道場を開いたようだな」

と、傍らに立っている弥次郎に身を寄せて言った。

「それがしも、門弟たちが話しているのを耳にしました。道場を開いたのは、三日ほど前のようです」

弥次郎が小声で言った。

「佐川が道場を開くのはかまわないが、ここの道場の門弟たちに手を出すようなことがあったら、黙ってみているわけにはいかないぞ」

唐十郎の顔は、いつになく険しかった。

「気になる噂を耳にしたのですが」

弥次郎が眉を寄せて言った。

「話してくれ」

「それがしが耳にしたことによると、佐川道場の門弟の集まりは、悪いようで

す。三、四人しか集まらないことがあり、佐川と師範代の田崎は道場にいても見ているだけで、門弟に指南しない日もあるらしい」

「俺も、それらしい話を聞いた」

唐十郎は、そう口にした後、

「この道場は、どういうわけか、門弟の集まりがいいな。佐川道場が開かれる前と変わりないぞ。むしろ、最近の方が、道場内に活気がある」

と言い、弥次郎に顔をむけて表情を和らげた。

「それで、気になることがあるのですが」

弥次郎が、唐十郎に身を寄せて言った。

「何だ」

「佐川がこのままにしておくとは、思えないのです。己の道場の入門者を増やすためにも、何か手を打つのではないか、とみています」

弥次郎が小声で言った。

「おれも、そんな気がするが……」

唐十郎も、佐川は何か手を打ってくる、と思っていた。

「どうします」

弥次郎が訊(き)いた。

「恐らく、また俺たちの道場の門弟たちに手を出すのではないか。そして、これ以上道場にとどまれば命はない、とでも言って脅(おど)かすかもしれない」

唐十郎が、眉を寄せて言った。

「佐川は、この道場を目の敵(かたき)にしているようだ」

弥次郎が顔をしかめた。

「仕方がない。稽古が終わった後、和泉橋を渡って帰る門弟たちを途中まで送っていこう」

「承知しました」

「明日からだな」

唐十郎は、何日か門弟たちと一緒に和泉橋を渡った先まで行き、様子を見ようと思った。佐川道場の者が門弟たちに手を出すようなことがあれば、逆に討ち取って決着をつけるのだ。

翌日、道場での稽古が終わると、唐十郎は、和泉橋を渡って岩本町の近くまで帰る門弟のなかで、以前話を聞いたことのある茂山を呼び、

「佐川道場は、ちかごろ稽古を始めたようだな」

と切り出した。

「はい、道場を開いたようです」

茂山が、声をひそめて言った。

「佐川道場の門弟たちの集まりは、悪いようだが……」

唐十郎が訊いた。

「はい、そんな噂を耳にしました」

茂山が小声で言った。不安そうな顔をしている。茂山にも不安なことがあるのだろう。

「何か、気になることでもあるのか」

唐十郎は、核心から訊いた。

茂山は戸惑うような顔をして口をつぐんでいたが、

「あります」

と、小声で言い、改めて唐十郎と弥次郎に目をむけた。

「話してくれ」

唐十郎が言った。

「三日前ですが、佐川道場に出入りしているふたりの武士に、跡を尾けられたことがあります」

茂山は、唐十郎と弥次郎を見つめて言った。

「そのふたりは、佐川道場の門弟なのか」

唐十郎が、念を押すように訊いた。

「はっきりしたことは分かりませんが、ひとりは師範代のようです」

「田崎か！」

唐十郎は、田崎という男が佐川道場の師範代になったという話を聞いていたのだ。

「そうです。一緒にいた若い男が、田崎どの、と呼ぶ声が聞こえました」

「跡を尾けられて、どうした」

唐十郎が、話の先をうながした。

「人通りがすくなくなったところで、田崎と若い男は急に足を速めました。……襲われるのではないかと思って、怖くなり、ふたりから逃げようとして、小走りになりました。すると、若い男が走りだし、それがしの前に出ようとしました」

茂山はそこまで話すと、一息ついてから続けた。

「ちょうど、そこへ供連れの武士が通りかかったのです。それで、武士の背後にまわりこみ、助けてください、追ってくるふたりは辻斬りで、それがしを斬ろうとしているのです、と咄嗟に頭に浮かんだことを喋ったのです」

茂山の声に、上擦った響きがあった。その時の恐怖が、よみがえったのだろう。

「それで、どうした」

「はい、武士は供の者とともに、それがしの前に立ったまま足をとめて立ち塞がりました。そして、どのような事情があろうと、大勢でひとりを取り囲んで斬るなどと、武士からぬ、と言って、田崎たちの行く手を塞いでくれたのです」

茂山によると、田崎と若い男は、供連れの武士と争う気はないらしく、「今日のところは、見逃してやる」と言い残し、その場から走り去ったという。

「その武士の御陰で、命拾いしたわけだな」

唐十郎が、表情を和らげて言った。

「はい……」

茂山の顔には、まだ不安そうな表情があった。その時の恐怖が、消えないのだろう。

「茂山、しばらくの間、俺と本間とで岩本町まで送ろう。……佐川道場の者たちは、俺たちの道場を目の敵にしているようだ」

唐十郎が言うと、そばにいた弥次郎がうなずいた。茂山の顔から、不安そうな表情が消えている。

2

唐十郎は茂山から話を聞いた翌日、道場での稽古が終わると、稽古着を着替えて弥次郎とともに道場から出た。

戸口で、茂山が待っていた。唐十郎は弥次郎とふたりで、茂山の家の近くまで送るつもりだった。茂山の身を守るためだが、佐川道場の者たちが襲ってくるようなことになれば、その場で討ち取る気でいた。

「茂山、ひとりで先に歩いてくれ。俺と本間は、佐川道場の者たちに気付かれないように後ろからついていく」

唐十郎が言った。

「承知しました」

茂山は、道場の表の通りを神田川にかかる和泉橋にむかって歩きだした。

　唐十郎と弥次郎は、茂山から半町ほど離れてついて行く。そこは、人出の多い御徒町通りだった。行き交う武士の姿も多いので、唐十郎たち三人に不審の目をむける者はいなかった。

　念のため、唐十郎は跡を尾けている者がいないか、時々背後に目をやって確かめたが、それらしい武士の姿はなかった。

　唐十郎たちがいっとき歩くと、前方に神田川にかかる和泉橋が見えてきた。神田川沿いの通りには、いつものように様々な身分の老若男女が行き交っている。

　唐十郎たちが和泉橋まで一町ほどに近付いたとき、

「後ろの三人、俺たちの跡を尾けているような気がします」

　と、弥次郎が唐十郎に身を寄せて言った。

「そうらしいな」

　唐十郎は、後ろを振り返らずに言った。唐十郎も、和泉橋が見えるすこし前、背後から来る三人の武士に気付いていたのだ。

「どうします」

　弥次郎が訊いた。

「人通りの多い橋のたもとに出る前に、始末をつけよう。俺は後ろの三人に気付かれないように、道沿いにある店の脇に身を隠す。本間は、このまま和泉橋に向かって歩いてくれ。前後から挟み撃ちにするのだ」

「承知しました」

弥次郎はそう言うと、唐十郎と離れて歩きだした。

一方、唐十郎は背後からくる三人に気付かれないように行き交う人の陰にまわり、道沿いにあった一膳飯屋の脇に身を隠した。行き交う人が多いので、背後からくる三人の武士に気付かれなかったようだ。

三人の武士はすこし足を速めたが、走り出すようなことはなかった。

唐十郎は三人の武士が通り過ぎるのを待って、一膳飯屋の脇から通りに出ると、

「俺は、ここにいるぞ！」

三人にむかって、声を上げた。

三人は、足をとめて振り返った。そして、唐十郎の姿を目にすると、

「おい！　狩谷だぞ」

大柄な武士が、驚いたような顔をして言った。

「いつの間に、後ろにまわったのだ」

他のふたりは、戸惑うような顔をした。敵も三人だが、挟み撃ちになると思ったのだろう。

「このままだと、逃げられぬ！　挟み撃ちだぞ」

大柄な武士が言い、そばにいるふたりの武士に目をやって、「そこにある表戸を閉めた店の前に、身を寄せろ！　後ろから斬られるのを防ぐのだ」と指示した。どうやら、大柄な武士が三人のなかでは、頭格らしい。

三人の武士は、表戸を閉めた店の前に立った。その店は何を商っていたのか分からないが、店が古くなってだいぶ傷んできたので、建て直すのだろう。

唐十郎と弥次郎は、三人の武士の左右から近付いた。茂山は、すこし離れた路傍に足をとめた。この場は、唐十郎と弥次郎にまかせるつもりなのだろう。

唐十郎は三人の武士から二間ほど離れた場で、足をとめると、弥次郎が近付いてくるのを待って、

「逃げられぬぞ。刀を捨てろ！」

と、抜き身を手にし、大柄な武士に目をやって言った。

「返り討ちにしてくれるわ！」

大柄な武士はそう声を上げ、唐十郎に体をむけて手にした刀を振り上げた。そ

して、斬りつけようと一歩踏み込んだとき、

「遅い！」

唐十郎が言いざま、斬り込んだ。素早い動きである。

両腕を伸ばして袈裟へ――。唐十郎の刀の切っ先が、踏み込んだ大柄な武士の左の二の腕をとらえた。

バサッ、大柄な武士の着物の袖が裂け、二の腕が露わになった。血が流れ出ている。

「お、おのれ……」

大柄な武士は、顔をしかめて後退った。傷は深いらしい。刀は手にしていたが、構えることもできないようだ。

「まだ、くるか！」

唐十郎が、切っ先を大柄な武士の胸元にむけて声を上げた。

「引け！　この場は、逃げろ」

大柄な武士が、仲間の二人に指示した。

すると、すこし離れた場で切っ先を唐十郎と弥次郎にむけていた他のふたりが踵を返し、その場から和泉橋の方へむかって逃げようとした。

これを見た弥次郎が、抜き身を手にし、

「逃げれば、斬るぞ！」

と声を上げ、ひとりの武士の首筋に切っ先をむけた。まだ十五、六歳と思われる若い武士である。

若い武士は、その場に棒立ちになった。目をつり上げ、身を震わせている。

もうひとりの年上と思われる武士は、抜き身を手にしたままその場を離れ、大柄な武士の跡を追って逃げた。

これを見た弥次郎が、ふたりの跡を追おうとすると、

「本間、追わなくてもいい。それより、この男から話を聞いてみよう」

唐十郎が声をかけた。

その声で、弥次郎と茂山がそばに来た。ふたりとも捕（と）らえた武士の脇に立って、話すのを待っている。

3

「おぬしの名は」

唐十郎が、捕らえた武士に訊いた。

武士は戸惑うような顔をしたが、

「と、利根、長次郎……」

と、声をつまらせて名乗った。まだ、体が震えている。真剣勝負のおりの昂奮が残っているらしい。

「利根、なぜ、俺たちを襲った」

唐十郎が、語気を強くして訊いた。

利根は口を閉じて虚空を睨むように見ていたが、

「おぬしたちの道場を潰すためだ」

と、小声で言った。

「俺たちを襲えば、道場を潰せるのか」

「そうだ。門弟たちだけ襲ったのでは、埒が明かぬ。道場主と師範代を仕留めれば、道場はつぶれるとみたのだ」

利根が隠さずに話した。

「誰の指図だ」

唐十郎は、利根の背後に佐川がいるとみたが、念のために訊いてみた。

「道場主だ」

利根が小声で言った。

「やはり、佐川か」

「そうだ」

「佐川道場は門を開いて、稽古していると聞いたぞ」

唐十郎は、自分の道場に来ている門弟たちが話しているのを何度も耳にしていた。ただ、弥次郎の話によると、門弟の集まりが悪く、三、四人しか姿を見せないこともあると聞いていた。

「そ、それが、あまり門弟が集まらないのだ」

利根が顔をしかめて言った。

「そうかと言って、俺の道場の門弟を襲うことはあるまい」

珍しく、唐十郎の声には怒りの響きがあった。

いっとき、利根は口をつぐんでいたが、

「道場主の佐川さまは、狩谷道場を潰すしかないと……」

と、つぶやくような声で言った。

次に口を開く者がなく、その場が重苦しい沈黙につつまれたとき、

「おぬしらに直接指図しているのは、師範代の田崎ではないか」

唐十郎が訊いた。

利根は困惑したような顔をして、いっとき口をつぐんでいたが、

「そうだ。田崎さまだ」

と小声で言って、肩を落とした。

「やはりそうか」

唐十郎は、師範代の田崎を始末しないことには、佐川道場との対立はいつまで経っても収まらないと思った。

唐十郎の次に口を開く者がなく、その場が重苦しい沈黙につつまれたとき、

「俺を帰してくれ。知っていることは、隠さず話した」

利根が唐十郎を見つめて言った。

「利根、死にたいのか」

唐十郎が、睨むように利根を見た。

「……！」

利根の顔から血の気が引き、体が震えだした。この場で、唐十郎に斬られると思ったのかもしれない。

「利根、おぬしが俺たちにつかまり、佐川道場や師範代の田崎のことを話したのは、田崎たちにすぐに知れるぞ。……佐川と田崎が、おぬしをそのままにしておくと思っているのか。ただではすまぬ」

唐十郎が、語気を強くして言った。

「こ、殺されるかもしれない」

利根の顔が蒼褪め、声が震えている。

「利根、しばらく道場を離れ、身を隠しておけるところがあるか。なに、ほとぼりが冷めるまで、佐川と田崎から離れていれば、大丈夫だ」

唐十郎が言うと、利根はいっとき考え込んでいたが、

「本所に、叔父がいる」

と、小声で言った。

利根によると、叔父は本所横網町に住んでいて、牢人の身だが剣の腕がたち、界隈に住む武家の子を集めて剣術の指南をしているという。

「剣術の道場か」

唐十郎が訊いた。

「い、いや、遊びのようなものだ。庭が道場だし、何人も集まらない」

利根はそう言った後、

「門弟はともかく、叔父は年寄りなのだ。……俺は稽古というより、叔父の手伝いをして暮らすつもりだ」

と、照れたような顔をして言った。

「それがいい」

唐十郎は、本所の横網町なら佐川たちの目にも触れないのではないかと思った。

唐十郎たちは利根と別れた後、和泉橋にむかった。念のため、佐川道場だけでも見ておこうと思ったのである。

和泉橋を渡り、武家屋敷のつづく通りを抜けて、岩本町に入った。そこは町人地だが、土地は狭く、すぐに町人たちの家は途絶(とだ)えた。町人地の先にある武家地に入っていっとき歩くと、佐川道場が見えてきた。道場の表戸は、閉まっている。

唐十郎たちは、道場からすこし離れた路傍に足をとめた。道場はひっそりとしていたが、かすかに人声と足音が聞こえた。

「誰かいるようだ」

唐十郎が声をひそめて言った。

「どうします」

弥次郎が訊いた。

「いるのは、門弟だろうな。ふたりらしい」

唐十郎は、道場内の足音と話し声から門弟がふたりしかいないのを知った。稽古を始めるようになったらしいが、やはり門弟たちの集まりは悪いようだ。

「佐川や師範代の田崎も、いないようだ」

唐十郎はそう口にした後、「出直すか」と小声で言った。道場内にいる門弟が出て来るのを待って話を聞いても、新たなことは聞き出せないのではないかと思ったのだ。

4

「気をつけて帰れよ」

唐十郎がそう言って、若い門弟の益田（ますだ）と山村（やまむら）を道場から送りだした。ふたりは門弟たちの稽古が終わった後、着替えの場で何かおしゃべりでもしていたらしく、すこし遅くなったのだ。

　唐十郎は益田と山村が道場から出ると、

「本間、どうする」

　と、道場内にいる弥次郎に訊いた。

「その後、佐川たちは、うちの道場の門弟たちに手を出さないようですが、念のため佐川道場を見ておきますか」

　弥次郎が、小声で言った。

「門弟たちが、話しているのを耳にしたのだがな。佐川道場は、相変わらず門弟たちの集まりが悪く、稽古もまともにできないらしいな」

「今でも集まりが悪く、道場主の佐川と師範代の田崎が顔を出さないときもあるようです」

　弥次郎が言った。

「その話も、聞いている」

「また、以前と同じように稽古をやらなくなるかもしれません」

「そうだな」

　唐十郎は、稽古をやらなくなると同時に、新たな手を打ってくるのではないかと思った。

「様子を見に行ってみますか」

弥次郎が、小声で言った。

「佐川道場で、何か動きがあったらな」

唐十郎は、佐川道場の門弟たちの集まりが悪いというだけで、様子を見に行くことはないと思った。

唐十郎が弥次郎と話していると、道場に走り寄る足音が聞こえた。足音は道場の前でとまり、荒々しく表戸が開いた。

「大変です！　先に出た佐々山が」

先程、道場を出た益田の声だった。

「何かあったらしいぞ」

唐十郎が言い、弥次郎とふたりで戸口にむかった。

戸口の土間に立っていた益田は、唐十郎と弥次郎の顔を見るなり、

「先に道場を出た佐々山が、斬られました！」

と、声を上げた。

「何！　佐々山が斬られたと」

唐十郎は、戸口に立ったまま念を押すように訊いた。佐々山も門弟のひとりだった。道場を出るとき、田代という門弟と一緒だったのを覚えている。

「田代はどうした」

唐十郎が訊いた。

「田代は、佐々山が斬られた和泉橋の手前にいます」

「行ってみよう」

唐十郎と弥次郎は、すぐに土間に下りた。幸い、ふたりとも小袖に袴姿だったので、そのまま現場へ向かえる。

唐十郎たち三人は道場の戸口から離れ、和泉橋にむかった。表通りを南に向かうと、前方に神田川にかかる和泉橋が見えてきた。その橋の手前に、人だかりができている。遠目にも、門弟たちが集まっているのが分かった。

唐十郎たちが近付くと、集まっている門弟たちのなかから、「狩谷様だ!」「師範代の本間様も、一緒だぞ!」などという声が聞こえた。そして、門弟たちは、その場から左右に身をひいた。唐十郎と弥次郎のために、前をあけたのである。

路傍に蹲っている佐々山の姿が見えた。その脇に、田代がいる。田代は佐々山の脇に屈んだまま唐十郎たちに目をむけた。不安そうな顔をしている。

唐十郎と弥次郎は田代のそばに屈むと、佐々山に目をやった。佐々山の肩から背にかけて小袖が裂け、血に染まっている。どうやら、佐々山は何者かに背後から袈裟に斬られたようだ。

……出血さえ押さえれば、命にかかわるような傷ではない。

と、唐十郎は見てとった。

「傷口を押さえるのだ。……手拭いを持っている者がいたら出してくれ。いなければ、着ている小袖の袖を切り裂いてくれ」

唐十郎が、近くにいた門弟たちに声をかけた。

手拭いを持ち合わせている者はいなかったが、田代がすぐに近くにいた門弟の手を借りて、差していた小刀で小袖の片袖を切り取った。そして、細長く切り裂き、「これを使ってください」と言って、唐十郎に差し出した。

「心配するな。それほど深い傷ではない」

唐十郎はそう声をかけ、弥次郎の手を借りて、田代から受け取った布の一部を折り畳んで佐々山の傷口にあてがった。そして、別の布を細長く切り、上から巻き付けるようにして縛った。

「これで、出血は押さえられるはずだ。……佐々山、心配するな。命にかかわるような傷ではないぞ」

　唐十郎は佐々山にそう言った後、

「佐々山、おまえをこんな目に遭わせたのは、何者だ」

と、声をあらためて訊いた。

　佐々山は、唐十郎に顔をむけ、

「な、名は、分かりませんが、いきなり斬りつけてきたのです」

と、声をつまらせて言った。まだその時の恐怖が、残っているようだ。

「ひとりか」

「斬りつけてきたのは、ひとりですが……。近くに、仲間がふたりいました。そのふたりは、それがしが斬られたのを見ると、ここは人通りが多い、何かあると面倒だ、引き上げよう、と言って、この場から小走りに離れたのです」

　佐々山が言うと、田代がうなずいた。

「その三人は、この場からどこへ向かった」

　唐十郎が訊いた。

「和泉橋を渡ったようです」

　佐々山が、和泉橋の方へ目をやって言った。

「他に、何か口にしたことはないか」

唐十郎は、三人が和泉橋の方へむかったというだけでは、どこに行こうとしていたのか、分からないと思った。

「この場から離れるとき、ひとりが道場へもどる、と口にしました」

「なに、道場へもどるだと！」

唐十郎は、三人が向かった先は佐川道場ではあるまいか、と思った。

そのとき、唐十郎の脇にいた弥次郎が、

「佐々山を襲ったのは、佐川道場の門弟たちかも知れません」

と、身を乗り出して言った。

「おれもそう思った」

唐十郎は、三人のなかに道場主の佐川はいなかったかもしれないが、師範代の田崎はいたのかもしれない、と思った。

5

唐十郎は佐々山と他の門弟たちをそれぞれの家に帰すと、弥次郎とふたりで佐川道場にむかった。佐々山を襲った者のなかに田崎がいたかどうかはともかく、三人のなかに佐川道場とかかわりのある者がいたとみたのだ。

唐十郎と弥次郎は、神田川にかかる和泉橋を渡った。岩本町に入っていっとき歩くと、道沿いにある佐川道場が見えてきた。この道筋は何度も行き来したことがあるので、よく分かっている。

唐十郎と弥次郎は、念のため道場から一町ほど離れた路傍に足をとめた。

「道場は閉まっている」

唐十郎が小声で言った。道場の表の戸は閉まっていた。

「誰もいないようだが……」

弥次郎が道場を見つめて言った。道場内はひっそりとして、物音や人声は聞こえなかった。

「近付いてみますか」

弥次郎がそう言って、道場に足をむけて歩きだした。ふいに、その足がとまり、「誰かいる！」と身を乗り出すようにして言った。

「足音が聞こえるな。……ふたりいるようだが」

足音から、道場内にふたりいることが分かった。

足音は、道場の戸口の方に近付いてきた。そして、端の板戸が一枚だけ開いた。姿を見せたのは、武士がふたりだった。恐らく門弟だろう。ふたりとも若い武士で、小袖に袴姿だった。腰に大小を差している。

ふたりの男は道場から表通りに出た。そして、唐十郎たちのいる場とは、反対方向に歩いていく。

「あのふたりに、訊いてみます」

弥次郎が、ふたりの跡を追った。

唐十郎は通行人を装い、通りのなかほどをゆっくりと歩いた。この場は、弥次郎に任せようと思ったのである。

弥次郎はふたりの男に追いつくと声をかけ、何やら話しながら歩いていく。どうやら、ふたりは弥次郎のことは知らないらしい。

弥次郎はふたりと話しながら、一町ほど歩いたろうか。弥次郎だけが、路傍に足をとめた。ふたりの男はすこし足を速めたが、振り返ることもなく歩いていく。

弥次郎は唐十郎が近付くと、「そこの屋敷の脇で、話しますか」と唐十郎に声をかけ、道沿いにあった仕舞屋の脇に身を寄せた。弥次郎が話を聞いたふたりの男の姿は、見えなかった。道沿いにある家の陰に入ったらしい。

「何か知れたか」

唐十郎が訊いた。

「はい、ちかごろ、道場で稽古をするようになったが、門弟たちの集まりはすくないようです。それで、昼四ツ（午前十時）ごろ、門を閉じてしまうことが多いそうです」

「そうか。まだ、道場を開いたばかりだから、仕方あるまい。道場主と師範代が根気良く門弟たちの稽古をつづければ、しだいに門弟は増えてくるのだがな。佐川と田崎は、それができないのだろう。……それで、門弟たちが集まらないのは、俺たちの道場のせいだと思い込み、門弟たちを襲っているのではないか」

「それがしも、そう見ました」

弥次郎が、顔をしかめて言った。

「いずれにしろ、黙って見ているわけにはいかないな。道場で稽古をつけるのも、門弟たちの身を守るのも俺たちの仕事だ」

唐十郎が言うと、弥次郎がうなずいた。

ふたりの話がとぎれると、

「他に何か、耳にしたことはないか」

唐十郎が、来た道を引き返しながら訊いた。

「話を聞いた門弟のひとりが、松永町にある道場を潰さないと、また俺たちの道場を閉めることになると言ってました」

弥次郎が、虚空を睨むように見据えて言った。

「それで、俺たちの道場の門弟を襲っているのだな」

唐十郎の顔が険しくなった。

「そのようです」

弥次郎の顔も険しかった。

「やはり、このままにしておく訳にはいかないな。俺たちの道場の門弟が、稽古の帰りに、また襲われるぞ」

「それがしも、そうみています」

「こうなると、佐川と師範代の田崎を討つしかないな」

唐十郎が、虚空を睨むように見据えて言った。

唐十郎と弥次郎は、いっとき口をつぐんだまま黙って歩いていたが、

「佐川と田崎が、贔屓にしている花乃屋を覗いてみるか。ふたりがいれば、どち

らかを討つことができるかもしれん」

と、唐十郎が顔を険しくして言った。

「行きましょう！」

弥次郎は意気込んでいる。佐川と田崎を討つ気になっているようだ。

唐十郎と弥次郎は、小柳町一丁目にある小料理屋の花乃屋にむかった。ふたりとも、花乃屋にいる佐川を待ち伏せしたことがあるので、店がどこにあるか知っていた。

ふたりは小柳町一丁目に行き、料理屋の富沢屋のそばまで来ると、路傍に足をとめた。富沢屋の斜向かいにある小料理屋が花乃屋である。

花乃屋の店先に暖簾が出ていた。店は開いているらしい。客もいるらしく、店内からかすかに談笑の声が聞こえた。何人かの男と女の声である。おそらく、花乃屋の女将と客たちであろう。

「佐川と田崎は、来てるかな」

唐十郎が言った。

「近付いてみますか」

弥次郎が言い、ふたりは花乃屋に近付いて聞き耳をたてた。

「武士がいる！」

弥次郎が、唐十郎に顔をむけて言った。花乃屋の店内から、武士らしい物言いをする声が聞こえたのだ。

「ふたりいる。ひとりは、佐川だ！」

唐十郎が身を乗り出して言った。佐川と呼ぶ声が聞こえたのだ。

「一緒にいる男は、田崎のようです。……ふたりして、ここに飲みにきたようだ」

弥次郎は確信したらしく、語気を強くして言った。

「他の客も、いるようだ。……何人かの男の声が聞こえる」

唐十郎はそう言った後、「今、店に踏み込むのは、無理だな。大騒ぎになって、ふたりに逃げられる」と、弥次郎に顔をむけて言い添えた。

「店から、ふたりが出てくるのを待つしかないようです」

弥次郎が小声で言い、花乃屋の戸口を睨むように見据えた。

「そうだな」

唐十郎がうなずいた。

唐十郎と弥次郎はその場を離れ、花乃屋からすこし離れた場所で店を開いていた蕎麦屋の脇に身を寄せた。身を隠して、花乃屋から佐川と田崎が出て来るのを待つのだ。この辺りでふたりを討つのが難しいようであれば、跡を尾けて行き先をつき止めるつもりだった。

6

「出てこないなァ」

弥次郎が、花乃屋に目をやりながら言った。

唐十郎と弥次郎が、蕎麦屋の脇に身を隠して、一刻（二時間）ちかく経ったろうか。花乃屋から、佐川と田崎は姿を見せなかった。

「店先まで行って、様子を見てきましょうか」

弥次郎がそう言って、蕎麦屋の脇から出ようとした。

「待て！　誰か出てくる」

唐十郎が身を乗り出して言った。

花乃屋の戸口の格子戸が開き、年増が姿を見せた。店の女将である。唐十郎たちは、女将の姿を目にしたことがあったので、それと分かったのだ。

女将につづいて、武士がふたり姿を見せた。道場主の佐川と師範代の田崎……。いや、もうひとり出てきた。大柄な武士である。

「おい、三人だぞ！」

唐十郎が、身を乗り出して言った。

「もうひとりの男は、門弟のひとりかも知れない」

弥次郎は、戸惑うような顔をした。

「大柄な武士も、遣い手らしい。……腰が据わっている」

「どうします、相手は三人です」

弥次郎が、歩いていく三人の男を見つめたまま唐十郎に訊いた。

「下手に仕掛けられんな。返り討ちに遭うぞ」

唐十郎は、弥次郎とふたりで三人に立ち向かうのは無理だと思った。返り討ちに遭うかどうかはともかく、無傷で三人を討つのはむずかしい。

「ともかく、佐川たちの跡を尾けてみよう。三人は途中で別れて、別々になるかもしれない」

唐十郎が言った。弥次郎は、佐川たち三人を見つめたままうなずいた。

先を行く佐川たちは、道場のある岩本町にむかった。唐十郎と弥次郎が、道場から花乃屋にむかった道である。

佐川たち三人は、道場の前まで来ると足をとめた。表戸は閉まっている。すぐに、師範代の田崎が板戸をたたいた。すると、戸が開き、門弟らしい若い武士が顔を出した。

佐川が姿を見せた若い武士に声をかけ、開いている戸口から先に道場内に入った。佐川の後に師範代の田崎、それに大柄な武士がつづいた。

開けられた戸は、そのままだった。佐川たちの話し声や道場の床を踏む音などがかすかに聞こえてくる。

「近付いてみるか」

唐十郎が弥次郎に身を寄せ、小声で言った。話し声は聞こえたが、何を話しているのか聞き取れなかったのだ。

唐十郎と弥次郎は、足音を忍ばせて道場の脇まで行った。そして、道場に身を寄せて聞き耳をたてた。

「聞こえるぞ!」

唐十郎が、声をひそめて言った。道場内から男たちの声が、はっきりと聞き取れた。佐川たち三人は、今後道場での稽古をどうやるか話していた。佐川たちは、道場を朝から開き、門弟たちを集めて本格的に稽古を始めたいようだ。

佐川の声がとぎれたとき、

「ただ、今のままでは、なかなか門弟は集まらないぞ」

そう言ったのは、大柄な武士らしい。

「稲垣、どんな手を打てばいい」

佐川が訊いた。大柄な武士の名は、稲垣らしい。

「これまでのように、狩谷道場の門弟たちを狙うだけでなく、道場主の狩谷や師範代の本間も狙ったらどうだ。……ふたりのうち一人でも斬れば、翼を失った鳥みたいになる。狩谷道場は、まともな稽古はできなくなるし、襲われた門弟たちを助けにくることもなくなるのではないか。そうなれば、門弟たちはすぐに道場から離れる」

稲垣が言うと、

「よし、その手でいこう」

佐川が声高に言った。

つづいて話す者が、いなかった。おそらく、その場にいた男たちは、黙ってうなずいたのだろう。

道場内から、何人もの足音が聞こえた。道場の奥にむかって行くらしい。恐らく、道場の奥には師範座所があり、道場の裏手から出入りできる戸もあるのだろう。

唐十郎は道場内の足音が消え、人のいる気配がなくなると、

「本間、引き上げよう」

と、弥次郎に声をかけた。これ以上、道場を見張っていても、佐川たちを討つことはできないだろう。

唐十郎と弥次郎は佐川道場から離れると、来た道を引き返して狩谷道場にむかった。今日のところは、道場に帰るのである。

唐十郎は柳原通りに出た後、

「それにしても、腹がへったな。……本間、途中、どこかで飯を食おう」

と、弥次郎に声をかけた。

「有り難い」

弥次郎は、相好をくずした。弥次郎も腹が減っていたらしい。

唐十郎と弥次郎は、柳原通りに出て神田川にかかる和泉橋を渡った。そして、狩谷道場にむかっていっとき歩くと、

「そこにある蕎麦屋は、どうだ。蕎麦が旨いと評判の店だ」

唐十郎が、道沿いにある蕎麦屋を指差して言った。

「蕎麦にしましょう！」

弥次郎が、声を大きくして言った。よほど、腹がすいていたらしい。

「どうだ。蕎麦の前に一杯やるか。ここまで来れば、安心だ。跡を尾けている者もいないようだし、道場はすぐ近くだ」

「一杯やりましょう！」

弥次郎は、足早に蕎麦屋にむかった。

唐十郎は苦笑いを浮かべ、弥次郎につづいて蕎麦屋の暖簾をくぐった。客は何人もいたが、隅の席が空いていたので、その場に腰を下ろした。

7

「みんな、道場を出てくれ」

唐十郎が、門弟たちに声をかけた。

道場での稽古を終えた後だった。道場内には、まだ五人の門弟が残っていた。

いずれも、神田川にかかる和泉橋を渡った先に家屋敷のある者たちである。

唐十郎は弥次郎と相談し、狩谷道場の門弟たちを佐川道場の者たちから守るために、和泉橋のたもとまで送っていくことにしたのだ。和泉橋を渡れば門弟たちの家は近かったし、人通りも多いので、佐川道場の者たちに襲われることはないとみたのである。それに、門弟たちを送った後、佐川道場の動きを探ることもできる。

五人の門弟が道場から出ると、唐十郎と弥次郎が門弟たちにつづいた。

唐十郎と弥次郎は道場の戸口から出ると、五人の門弟から半町ほど離れて、後についた。五人と一緒に行かなかったのは、門弟たちを襲う者がいれば、その者たちを討ち取りたかったのだ。

襲撃者は、唐十郎と弥次郎が門弟たちと一緒だと、門弟たちを目にしてもすぐに襲わずに、別れるのを待つだろう。狩谷道場の門弟たちの家屋敷は同じ地域にないので、どうしても別れなければならないのだ。

唐十郎と弥次郎は、通行人を装って門弟たちの後についていく。

門弟たちは、御徒町通りから神田川にかかる和泉橋を渡った。

唐十郎と弥次郎は、門弟たちの跡を尾けている者がいないのを確かめてから、足早に和泉橋を渡った。

　門弟たちは人通りの多い柳原通りを横切り、武家屋敷のつづく通りに入った。そして、通りを歩いていくうちに、ひとり、ふたりと別れて離れていった。それぞれ自分の住む屋敷に帰っていったのだ。そして、武家屋敷のつづく通りを抜けたときには、ひとりしか残らなかった。そのひとりも、南に向かう人通りの多い道に入った。その道の先に、残ったひとりの屋敷がある。

　通りの先に、残ったひとりの姿がちいさくなると、

「ここまで来れば、安心だな」

　そう言って、唐十郎が路傍に足をとめた。

「道場に帰りますか」

　弥次郎が訊いた。

「せっかく、ここまで来たのだ。佐川道場を覗いてみるか」

　唐十郎の顔が、引き締まった。

「行きましょう」

　弥次郎の顔も険しくなった。

　唐十郎と弥次郎は、佐川道場に足をむけた。これまで、何度も佐川道場の近く

まで行って様子を見ていたので、その道筋は分かっている。

ふたりが岩本町に入っていっとき歩くと、道沿いにある佐川道場が見えてきた。

「相変わらず、道場は表戸を閉めたままです」

弥次郎が言った。

「いや、違うぞ。脇の一枚がすこし開いている」

唐十郎がそう言って、路傍に足をとめた。このまま道場に近付くのは危険だと思ったのである。

「戸の開いたところから、出入りしているようです」

弥次郎が、身を乗り出して言った。

「道場内に、何人かいるぞ」

唐十郎が小声で言った。道場内から、かすかに男の声や床を歩く足音などが聞こえてきたのだ。

「門弟たちが、いるようです」

弥次郎が道場を見つめて言った。

「そのようだ。ひとりやふたりではないな。大勢いるようだが……」

「どうします」

弥次郎が訊いた。

「せっかくここまで来たのだ。道場内にいる者たちのことだけでも、知りたいが」

唐十郎は、道場から出てくる者がいれば、集まっている男たちのことが訊けるのではないかと思った。

唐十郎と弥次郎は、道場から一町ほど離れた路傍で枝葉を繁らせていた椿の木の陰に身を隠した。その場から道場に目をやったが、椿の枝葉が邪魔になって、見えない場所もある。

「道場の表戸は、何とか見えるな。……ともかく、門弟らしい男が道場の方から近付いて来たら話を聞いてみよう」

唐十郎が言った。

唐十郎と弥次郎が、その場に身を隠して半刻（一時間）ほど経ったろうか。道場の隅の戸が開いた。そして、門弟らしい男がふたり出てきた。隅の戸だったので、椿の枝葉が邪魔にならずに、ふたりの姿がはっきり見えたのだ。

「あのふたりに、訊いてみますか」

弥次郎が、ふたりに目をやって言った。

「ふたりが、道場から離れるのを待とう。道場内にいる者たちに気付かれると、大勢で襲われる。逃げられなくなるぞ」

唐十郎が言うと、弥次郎は顔を険しくしてうなずいた。

都合よく、ふたりの門弟は話しながら唐十郎と弥次郎のいる方に歩いてきた。

そして、路傍で枝葉を繁らせている椿には目もくれずに通り過ぎた。

唐十郎はふたりがすこし離れるのを待って、椿の陰から出た。そして、足早にふたりを追い、

「しばし、しばし、おふたりに訊きたいことがある」

と、ふたりの背後から声をかけた。弥次郎はすこし離れた場所に足をとめて、唐十郎に目をむけている。

ふたりの門弟は、足をとめて振り返った。そして、戸惑うような顔をしてふたりで顔を見合っている。

「いや、おふたりが、剣術の道場から出てきたのを目にしましてね。おふたりは、御門弟かな」

唐十郎は笑みを浮かべ、穏(おだ)やかな声で訊いた。

「そうですが」

年上と思われる門弟が、唐十郎を見ながら言った。戸惑うような表情が消えている。

「やはり、そうですか。御門弟なら知っておられるかな」

「何を訊きたいんです」

年上らしい門弟が、小声で言った。

「いや、それがしの弟が、剣術の道場に入門したいと言い出しましてね。この辺りに道場があると聞いて、来てみたのです」

唐十郎が、咄嗟に頭に浮かんだことを口にした。

「剣術の道場ですよ」

年上らしい門弟が、道場の方に目をやって言った。

「先ほど、道場の近くまで行ってみたのですが……。道場の中から、何人もの男の声が聞こえました」

唐十郎が声をひそめて言った。

「道場内で、何人もの方が話してましたから」

年上らしい男が言うと、もうひとりの男が、

「道場主と、主だった門弟です。今も、道場内に門弟が三人います。……入門のことなら、みんな喜んで迎えてくれますよ」

と、脇から口をはさんだ。

「みんなで、四人ですか。話してみますかね」

唐十郎はそう言った後、

「つかぬことを訊きますが、松永町にも剣術の道場があると聞いてるんですが」

と、年上らしい男に身を寄せて言った。ふたりの門弟が、松永町にある自分の道場にどんな反応をするか、見たかったのである。

その場にいたふたりの門弟は顔を見合わせて、戸惑うような表情を見せたが、

「松永町にも道場はありますが、入門するのはやめた方がいいですよ」

年上らしい男が、顔をしかめて言った。

「松永町にある道場は、駄目ですか」

唐十郎が、身を乗り出して訊いた。そばにいた弥次郎は息を呑んで、年上らしい男の顔を見つめている。

「駄目です。……あそこの道場は、稽古らしい稽古はしてませんから」

年上らしい男が、胸を張って言った。

　唐十郎の口から、何を言っている、佐川道場は稽古もやらないではないか、と出かかったが、

「そうですか。佐川様の道場に、お世話になろうかな」

と、渋い顔をして呟いた。

「待ってますよ」

　年上らしい男が言い、もうひとりの男と一緒にその場を離れた。

　唐十郎はふたりの男が遠ざかるのを待ち、

「道場主も道場主だが、門弟も似たような者たちだな。あいつら、まともな稽古をやらずに道場内で話したり、小料理屋に飲みにいったりしているだけではないか」

と、怒りに顔を染めて言った。そばにいた弥次郎は、顔をしかめて口を閉じている。呆れて言葉も出ないのだろう。

　いっときして、唐十郎の顔から怒りの表情が消えると、

「これから、どうします」

　弥次郎が訊いた。

「今日のところは、帰るか」

唐十郎が、道場に目をやりながら言った。
弥次郎は無言のままうなずいた。
唐十郎と弥次郎は佐川道場に背をむけ、来た道を足早に歩いていく。

第五章　逆襲

1

「本間、出掛けるか」

唐十郎が弥次郎に声をかけた。

弥次郎がいるのは、道場の戸口の前だった。稽古着姿でなく、小袖に袴姿で大小を差している。

唐十郎も、弥次郎と同じ身形だった。ふたりは、道場での稽古を終えた後、すぐに着替え、道場から出たのである。

「門弟たちは」

唐十郎が訊いた。

「まだ、横山たちの後ろ姿が見えますよ」

弥次郎が通りの先を指差して言った。

見ると、一町ほど先に門弟たちの後ろ姿が見えた。門弟のなかでは年配の横山をはじめ、五、六人の姿がある。門弟たちも道場での稽古を終え、着替えて、それぞれの家に帰るところだった。ただ、横山たちの家は神田川にかかる和泉橋の先にあるので、途中まで一緒に帰るのである。

　唐十郎と弥次郎は、横山の跡を尾けていくつもりだった。それというのも、三日前、横山は道場帰りに見知らぬふたりの武士に呼び止められ、狩谷道場の門弟かどうか訊かれ、「そうだ」と答えると、喉元に刀の切っ先を突き付けられたという。ふたりの武士のひとりに「俺たちと一緒にこい！」と言われ、逃げようにも逃げられず、その場で震えていた。

　すると、ひとりが、「こなければ、ここで殺す！」と声を上げ、無理に横山を連れていこうとした。ちょうどそこへ、七、八人の供を連れた旗本らしい武士が通りかかり、家臣たちに、「ここは、天下の大道、あの者たちに刀を納めさせろ」と命じて、横山を助けてくれたという。

　その話を聞いた唐十郎は、狩谷道場の門弟を襲うような者がいれば、門弟たちを守るとともに、逆に捕らえて話を聞こうと思ったのだ。それで、稽古を終えた後、横山の後ろから通行人を装ってついてきたのである。

　一昨日と昨日は、それらしい武士は姿を見せず、横山はむろんのこと、他の門弟も見知らぬ武士に襲われるようなことはなかった。

　横山が武家屋敷がつづく通りを抜け、町人地の岩本町に入ってすぐだった。三人の武士が、小走りに近付いてきた。そして、通り沿いの民家が途絶えたところで、横山に追いついて取り囲んだ。

「今日こそ、命をもらうぞ!」

前に立った大柄な武士が、横山を見据えて言った。この男が、兄貴格かもしれない。

「おぬしたちに、用はない。前をあけろ!」

横山はそう言って、大柄な武士の脇を通り抜けようとした。

すると、大柄な武士は刀を抜き、

「今日こそ、始末をつけてやる」

と言って、切っ先を横山にむけた。

これを見た他のふたりも、抜刀した。そして、切っ先を横山にむけた。ただ、横山との間合を広くとっている。ふたりは横山の逃げ道を塞ぐだけで、この場は大柄な武士にまかせる気らしい。

「おぬしら、何ゆえ、おれの命を狙う」

横山が、大柄な武士に訊いた。

「狩谷道場をつぶすためだ。うぬら門弟たちが狩谷道場から去れば、道場の門を閉じるしかなくなるからな」

　大柄な武士はそう言った後、「行くぞ！」と声を上げ、刀を上段に振りかぶり、一歩踏み込んだ。

　そのとき、横山の後方にいた唐十郎が、

「待て！　おまえたちの相手は、俺たちふたりだ」

と声を上げ、弥次郎とふたりで走り寄った。

　大柄な男は、驚いたような顔をして唐十郎と弥次郎に目をやった。そして、慌てて後ずさりながら、

「ふたりとも、逃げろ！　狩谷道場の道場主と師範代だ」

と、仲間のふたりに目をやって言った。

　横山のまわりにいた他のふたりは、慌てて身を引いた。そして、反転して逃げようとした。

「逃がさぬ！」

　唐十郎は抜刀し、刀身を峰に返して素早く踏み込んだ。そして、反転して逃げようとした大柄な武士の横っ腹を狙って刀身を横に払った。一瞬の太刀捌きである。

峰打ちが、大柄な武士の横っ腹をとらえた。

大柄な武士は横っ腹を押さえて蹲り、喉のつまったような呻き声をもらした。

これを見た他のふたりの武士が、抜き身を手にしたまま慌てて身を引き、唐十郎との間をあけると、反転して走りだした。逃げたのである。

弥次郎がふたりの武士を追おうとすると、

「追わなくてもいい。この男から話を聞いてみよう」

唐十郎が、弥次郎をとめた。

唐十郎、弥次郎、横山の三人は、その場に残った大柄な武士を取り囲むように立った。

「この場だと、通りの邪魔になる」

唐十郎はそう言った後、辺りに目をやり、

「そこの下駄屋の脇に、連れていこう」

と、通り沿いにある下駄屋を指差して言った。店先の台の上に、赤、紫、黒などの鼻緒をつけた下駄が並んでいる。客の姿はなく、店の主人は店内にいるらしい。

「立て！　この場で首を落とされたくなかったら、そこの下駄屋の脇まで一緒に来い」

唐十郎が語気を強くして言った。

大柄な武士は、苦しげに顔をしかめて立ち上がった。人通りのある路傍で、惨めな姿を晒したくなかったのだろう。唐十郎たち三人は、大柄な武士を取り囲むようにして下駄屋の脇に連れ込んだ。

2

「おぬしの名は」

唐十郎が大柄な武士に訊いた。

大柄な武士は、戸惑うような顔をして口をつぐんでいたが、

「浅野平蔵……」

と、小声で名乗った。

「おぬしたちは、誰の指図で俺たちを襲ったのだ」

唐十郎は予想できたが、念のため訊いたのである。

浅野は、唐十郎から視線を逸らして黙っていたが、

「道場主だ」

と、小声で言った。

「佐川か」

唐十郎が訊いた。

「そうだ。……おぬしらは俺たちの道場を潰すために門弟を引き抜いたり、襲って怪我をさせたり……。門弟たちのなかには、おぬしらに殺された者もいると聞いている」

浅野が顔をしかめて言った。

「おぬし、そんな話を信じたのか」

唐十郎が呆れたような顔をした。

すると、唐十郎の脇でふたりのやり取りを聞いていた弥次郎が、

「佐川や師範代の田崎たちは、おぬしたち門弟に危ない橋を渡らせておいて、自分たちは頻繁に出掛けている店があるのを知っているか」

と、浅野を見据えて訊いた。

「料理屋に出掛けることがある、と聞いているが……」

浅野が語尾を濁した。

「道場主の佐川、師範代の田崎、それに稲垣などがよく出掛けているのは、小料理屋の花乃屋だ。……花乃屋のことは、聞いたことがあるだろう」

弥次郎が語気を強くして言った。

「聞いたことがある……」

浅野が小声で言った。

「今も、佐川たちは女をそばにおいて、一杯やっているのではないか」

弥次郎が言うと、

「お、俺たちを、こんな目に遭わせて……。自分たちは酒と女で楽しんでいるのか」

浅野が、声をつまらせて言った。憤怒で、体を震わせている。

「浅野、道場に佐川たちはいたのか」

唐十郎が念を押すように訊いた。

「い、いなかった」

浅野が、声をつまらせて言った。

「佐川と田崎、それに稲垣の三人は、今ごろ、花乃屋で女たちを相手に一杯やっているとみてもいいな」

唐十郎はそう呟いた後、

「俺たちは、何の罪もないおぬしたち門弟を殺すつもりはない。このまま帰してやるが、今後は佐川たちに騙されて、命を無駄にするようなことはやらないことだな」

と、浅野を見つめて言った。

浅野は悔しそうな顔をして、虚空を睨むように見据えていたが、

「す、すまない。……俺たちは、何も知らずに踊らされていたようだ。……おぬしたちの御陰で、道場主や師範代などの本当の顔が見えてきた」

そう言って、深く頭を下げた。

次に口を開く者がなく、その場が重苦しい沈黙につつまれると、

「浅野、帰っていいぞ」

唐十郎が声をかけた。

すると、浅野は唐十郎たち三人に改めて頭を下げてからその場を離れた。

唐十郎は浅野の姿が遠ざかるのを待って、

「俺たちは、花乃屋に行ってみるか」

と、弥次郎と横山に目をやって訊いた。

「せっかくここまで来たのだ。花乃屋に行ってみましょう」

弥次郎が言うと、横山もうなずいた。

唐十郎たち三人は小柳町一丁目に行き、富沢屋の斜向かいにある小料理屋の花乃屋が見えてくると、路傍に足をとめた。

「店は開いてますよ。店先に、暖簾が出ている」

横山が言った。

「佐川たちはいるかな」

唐十郎はそう言った後、「また、話の聞ける者が、店から出てくるのを待つか」

とつぶやいた。

これまで、唐十郎たちは、花乃屋に踏み込むようなことはせず、佐川たちが出てくるのを待つことが多かった。それというのも、花乃屋には店の女将や他の客もいるので、何の罪もない者が巻き添えを食うからである。

「一膳飯屋の脇がいいな」

唐十郎が言い、道沿いにある一膳飯屋に足をむけた。以前も、通行人の邪魔にならないように花乃屋の斜向かいにある一膳飯屋の脇に立って、目的の相手が出てくるのを待ったことがあったのだ。

それから、一刻（二時間）ほど経ったが、花乃屋から佐川たちは出てこなかった。

「出てこないなァ」

唐十郎が、両手を突き上げて伸びをした。

そのとき、唐十郎の脇にいた横山が、

「誰か、出て来ました！」

と、身を乗り出して言った。

花乃屋の表戸が開いて、女将と商家の旦那（だんな）ふうの男がひとり姿を見せた。ふたりは戸口で何やら言葉を交わした後、旦那ふうの男だけが店先から離れた。女将は男が遠ざかると、踵（きびす）を返して、店内にもどった。

「俺が、あの男に訊いてきます」

弥次郎が言い、唐十郎と横山をその場に残して、商家の旦那ふうの男の跡を追った。弥次郎は男に追いつくと、何やら声をかけ、ふたりで肩を並べて歩きだした。ふたりは話しながら一町ほど歩いたろうか。弥次郎が足をとめ、旦那ふうの男と別れて、唐十郎と横山のいる場にもどってきた。

「どうだ、花乃屋に佐川たちはいたか」

唐十郎が訊いた。

「それが、花乃屋に残っている武士は、ひとりだけのようです。男の話によると、武士は三人いたが、ふたり、先に帰ったらしい」

弥次郎はそう言った後、

「先に帰ったのは、佐川と稲垣のようです。店の女将がふたりを送り出したとき、佐川さま、稲垣さま、とふたりに声をかけたのを耳にしたそうです」

と、唐十郎と横山に目をやって言った。

「すると、店に残っているのは、師範代の田崎ひとりか！」

唐十郎の声が大きくなった。

「そのようです。田崎はすこし飲み過ぎて、酔いを醒ますためもあって、ひとり店に残ったのかもしれません。……男によると、残った武士はだいぶ酔っていたそうです」

「田崎ひとりが、残っているのか。……田崎を討ついい機会かもしれん」

唐十郎は、田崎ひとりに三人で立ち向かえば、後れをとるようなことはないし、稲垣の住み家も聞き出せるかもしれない、と思った。

「花乃屋に踏み込みますか！」

横山が勇みたって言った。

「駄目だ。踏み込めば、店内が大騒ぎになる。田崎は討てるかもしれんが、何のかかわりもない者が、巻き添えを食うぞ」

唐十郎は、客や店の者に危害を加えたくなかった。

「田崎が、店から出てくるのを待とう」

弥次郎が言うと、横山もうなずいた。

唐十郎たち三人は、一膳飯屋の脇に立って田崎が店から出てくるのを待つことにした。

3

唐十郎たちが、一膳飯屋の脇で半刻（一時間）ほど待ったろうか。花乃屋の店先に目をやっていた横山が、

「出てきました！　田崎が」

と、身を乗り出して声を上げた。

見ると、田崎がひとり、店の女将とともに花乃屋から出てきた。田崎は酔っているらしく、足下がすこしふらついている。

「女将、また来るからな」

田崎は左手で女将の肩を抱くようにして言った。

「田崎さま、気をつけて帰ってくださいよ。……また、近いうちに来ていただくのを楽しみにしてますから」

女将は小声で言って、田崎の左手をそっと肩からはずした。

「またな！　待ってろよ」

田崎はそう言って、女将の尻のあたりを手でスルリと撫(な)ぜ、薄笑いを浮かべてその場を離れた。

「嫌ですよ、田崎さま」

女将はそう声をかけると、踵を返して店内にもどった。

田崎は店先から離れ、すこしふらつきながら歩いていく。

「どうします」

弥次郎が唐十郎に訊いた。

「田崎を押さえて、佐川と稲垣のことを訊いてみるか」

唐十郎は、酒に酔った田崎が刀を抜いて立ち向かってくれば、その場で斬ってもいいと思った。

「俺が、やつの前にまわります」

弥次郎が言い、小走りに田崎の跡を追った。そして、近付くと道の脇を通って、田崎の前に出た。

田崎は自分の前に回り込んだ弥次郎を見て、驚いたような顔をして足をとめ、

「狩谷道場の門弟だな!」

と、声を上げた。そして、腰に差した大刀の柄を握りしめた。

「田崎、刀を抜くな! おぬしに、訊きたいことがある」

弥次郎が、通りの中央に立ったまま言った。

「な、なんだ!」

田崎が、声をつまらせて訊いた。敵を前にした興奮と緊張のせいだろう。田崎の体が震えている。

「花乃屋から出てきたようだが、佐川と稲垣は一緒ではなかったのか」

唐十郎が、ふたりの名を出して訊いた。

「一緒だった。それが、どうした」

田崎の顔が、強張（こわば）った。唐十郎、弥次郎、横山の三人の敵を前にして、この場から逃げられないと見たのだろう。

「ふたりは、まだ、花乃屋にいるのか」

さらに、唐十郎が訊いた。

「い、いない。……ふたりとも、先に帰った」

「おまえを花乃屋に残して、ふたりはどこに帰った」

唐十郎は、できれば佐川と稲垣も討ち取りたかった。そのためにも、ふたりの居所が知りたい。

田崎は戸惑うような顔をして黙っていたが、

「道場に帰ったはずだ」

と、小声で言った。

「どこかで、行き違えたのか」

唐十郎は胸の内で、目の前にいる田崎を討ち取ってから、道場にまわってみようと思った。

唐十郎が口を閉じると、田崎は「俺は、帰らせてもらうぞ」と言い、その場から離れようとして、道の脇に身を寄せた。

唐十郎は、すばやい動きで田崎の前にまわり込み、

「田崎、観念しろ！　この場は通さぬ」

と言って、刀の柄に右手を添えた。これを見た弥次郎も、抜刀体勢をとった。

一緒にいた横山だけは刀を抜こうとせず、路傍に身を寄せた。この場は、唐十郎と弥次郎に任せるつもりなのだ。

「お、俺を斬る気か」

田崎が、声をつまらせて言った。顔が恐怖で、引き攣ったようにゆがんでいる。

「田崎、抜け！」

唐十郎が語気を強くして言った。

田崎は刀の柄に右手を添えたが、抜こうとせずに体を震わせている。

「抜け！　斬るぞ」

唐十郎が、一歩踏み込んだ。今にも、田崎に斬りつけそうである。唐十郎は田崎が抜かなくても、斬るつもりだった。

「お、おのれ！」

田崎が、叫びざま抜刀した。そして、切っ先を唐十郎にむけた。

刹那（せつな）、唐十郎は振りかぶり、タアッ！　と鋭（するど）い気合を発して、斬りつけた。

袈裟（けさ）へ——。稲妻（いなずま）のような閃光（せんこう）が疾（はし）った。次の瞬間、バサリと田崎の小袖が、肩から胸にかけて斬り裂かれた。

ギャッ！　という悲鳴を上げ、田崎がよろめいた。

田崎は足がとまると、手にした刀を取り落とし、その場にへたり込んだ。裂けた着物の間から、血が流れ出ている。

それでも、田崎は苦しげな呻き声を上げ、這（は）って逃げようとした。

「とどめを刺してくれる！」

唐十郎が、田崎の胸に刀の切っ先を突き刺した。

グワッ、という呻き声を上げ、田崎は身を捩（ねじ）るように動かしたが、いっときするとグッタリとなった。まだ、胸から血が噴出している。どうやら、心臓を刺したらしい。

唐十郎は刀を抜き、

「田崎は死んだ。……通りの邪魔にならないように、遺体を道の端まで運んでおこう。近所の住人が、始末してくれるだろう」

と、弥次郎と横山に声をかけた。

唐十郎たち三人は、通りの邪魔にならないように遺体を通りの端まで運んだ。

「これから、どうする」

唐十郎が、弥次郎と横山に目をやって訊いた。

「今日のところは、帰りますか」

弥次郎が言った。

「そうだな」

唐十郎は、佐川道場へ行けば、佐川と稲垣がもどっているかもしれない、と思ったが、出直す気になった。すでに、辺りは薄暗くなっている。佐川道場に着くころは、さらに暗くなっているだろう。

唐十郎、弥次郎、横山の三人は来た道を引き返し、狩谷道場のある神田松永町へむかった。

4

翌日、唐十郎と弥次郎は道場での稽古を終え、門弟たちを送り出すと、御徒町通りを和泉橋の方にむかった。向かった先は、岩本町にある佐川道場である。

唐十郎と弥次郎は和泉橋を渡り、いっとき南にむかって歩き、岩本町を経て武家地に入った。更に歩くと、道沿いにある佐川道場が見えてきた。

「道場の表戸は、閉まっている」

唐十郎がそう言って、路傍に足をとめた。一緒に来た弥次郎も立ち止まり、道場に目をやった。

道場の表の板戸は、閉まっていた。開いている場所はない。

「道場内に、誰かいるようですよ」

弥次郎が言った。

「そうだな」

道場内から、かすかに人声と床を踏むような足音が聞こえた。ひとりではなく、何人かいるらしい。

「もうすこし近付いてみますか」

弥次郎が言うと、唐十郎がうなずいた。

ふたりは通行人を装っていたが、足音だけは立てないようにした。道場の近くで立ち止まるので、道場内にいる者たちに気付かれないためである。

ふたりは、道場からすこし離れた路傍に足をとめた。道沿いで枝葉を繁らせていた椿の陰で一休みしているような振りをして、道場に目をやった。

「稽古場に、五、六人いるようですが」

弥次郎が言った。稽古場は板張りになっているので、足音でおよその人数が知れるのだ。

「稽古をしているのではないな」

唐十郎には、足音を聞けば稽古をしているかどうか、すぐに分かる。

「腰を下ろしている者もいるようですが、一杯やっているわけでもないようだ。門弟たちが、話しているだけのようだが……」

弥次郎はそう呟いた後、「誰か、出てくるぞ！」と、身を乗り出して言った。

弥次郎の言うように、表の板戸の方に近付いてくる足音が聞こえた。ひとりでは、ないらしい。足音は板戸の前にとまり、すぐに板戸が開いた。姿を見せたのは、ふたりだった。ふたりとも、門弟らしい若い男である。まだ、十四、五歳であろうか。

ふたりは手に持っていた草履を地面に置き、それを履いて、唐十郎たちのいる方に近付いてきた。

「都合がいいな。あのふたりに、道場内に誰がいるか訊いてみよう」

唐十郎が言った。ふたりの門弟はまだ若いので、自分と弥次郎の顔を知らないのではないかと思ったのだ。

「俺が訊いてみます」

弥次郎が言い、ふたりが近くまで来ると、道のなかほどに出た。そして、ふたりがそばに来るのを待ち、

「今、おふたりが剣術の道場から出てきたのをお見受けしたが、御門弟でござろうか」

と、丁寧な物言いで訊いた。

「そうですが……」

大柄な男が言った。この男は、もうひとりの男より二、三歳上かもしれない。

「実は、それがしの弟が、剣術道場に入門したいと言い出しましてね。それで、ここに道場があると聞いていたので来てみたのです」

弥次郎が、咄嗟に頭に浮かんだことを口にした。

「そうですか。入門されるのを待ってます」

大柄な男が言うと、脇にいた年下と思われる男が、

「ぜひ、入門してください。それがしは、まだ本格的な稽古はできませんが、一

緒に稽古をしましょう」

と、身を乗り出して言った。

「そうですか。ぜひ、お願いします」

弥次郎はそう言った後、

「ところで、道場主の佐川どのだけでなく、稲垣という腕のたつお方がいると聞いてきたのですが、おふたりは道場におられるのかな。……せっかく来たので、お顔だけでも拝見したいが」

と、ふたりの男に目をやって訊いた。

「それが、今日はいないんです」

年下と思われる男が、眉を寄せて言った。

「おふたりとも、おられないのですか」

弥次郎が、念を押すように訊いた。

「そうです」

大柄な男が、渋い顔をした。

「どこへ、行かれたのです」

「行き先は、知りませんが……」

大柄な男は語尾を濁した。戸惑うような顔をしている。

弥次郎は、大柄な男は行き先を知っていて隠しているのではないか、と思った。

「……飲み屋ではないですか。噂ですが、道場主の佐川さまは、お酒が好きだと聞いてますよ」

弥次郎は大柄な男に身を寄せ、声をひそめて言った。

「そうかもしれません」

大柄な男も、声をひそめた。

「また、来ましょう」

弥次郎はそう言い残し、ふたりの男から離れた。すぐに、唐十郎が弥次郎の跡を追ってきて肩を並べると、

「佐川たちの行き先は、花乃屋ですよ」

と、小声で言った。

「俺もそうみた」

「花乃屋に行ってみますか」

「そうだな。機会があれば、佐川と稲垣を討てるかもしれない」

唐十郎と弥次郎は、花乃屋のある小柳町一丁目にむかった。唐十郎たちが、何

度も行き来した道である。

5

唐十郎と弥次郎は花乃屋の近くまで来ると、路傍に足をとめた。

弥次郎が、花乃屋に目をやって言った。

「変わり、ありませんね」

唐十郎は、女将と思われる女の声と武士らしい物言いをする男の声を耳にした。ただ、かすかな声なので、男が誰なのか分からない。

「客がいるらしく、話し声が聞こえる」

唐十郎が、花乃屋の店先を見つめて言った。

「そうだな。いつものように、店から客が出て来るのを待って、様子を訊いてみてからだな」

唐十郎と弥次郎は路傍に立って、話の聞けそうな者が店から出てくるのを待ったが、なかなか出てこなかった。

それから、半刻（一時間）ほど経ったろうか。表の格子戸が開き、女将につづいて三人の武士が姿を見せた。

「佐川と稲垣だ！」

唐十郎が、弥次郎だけに聞こえるように声をひそめて言った。

「もうひとりも、門弟らしい」

弥次郎はそう呟き、三人を見つめている。

「もうひとりの男だが、門弟にしては年配だな。師範代だった田崎の代わりに、加わったのかもしれない」

唐十郎がつぶやくと、弥次郎がうなずいた。

佐川たち三人は、花乃屋の戸口で言葉を交わした後、花乃屋の店先から離れた。女将は戸口に立ったまま見送っていたが、佐川たち三人が遠ざかると、踵を返して店内にもどった。

弥次郎は、佐川たち三人が店先から遠ざかると、

「どうします」

と、唐十郎に顔をむけて訊いた。

「相手が腕のたつ三人だと、仕掛けられないな。……跡(あと)を尾けて、様子を見るか」

唐十郎は、佐川たち三人が分かれてひとりになれば、仕掛けて討ち取るつもりだった。新たに加わった年配の武士も、腕がたつとみなければならない。三人一緒のときに仕掛けると、返り討ちに遭うだろう。

唐十郎と弥次郎は、佐川たちに気付かれないように一町ほど離れ、通り沿いにある家や樹陰(こかげ)に身を隠しながら、跡を尾けていく。

佐川たち三人は何やら話しながら、道場の方にむかって歩いていく。跡を尾けられているとは思ってもみないらしく、振り返って背後を見る者はいなかった。

佐川たちは、岩本町にある道場まで来ると足をとめて、背後や道場の脇などに目をやった。ここまで来て、跡を尾けてきた者がいないか確かめたらしい。

このとき、唐十郎と弥次郎は通り沿いにあった仕舞屋(しもたや)の脇にいたので、佐川たちの目にはとまらなかった。

道場の表戸は、閉まっていた。道場内は静かだった。門弟たちは残っていないのかもしれない。

佐川が板戸の一枚をたたくと、道場内から微(かす)かに床板を踏むような足音が聞こえた。そして、脇の戸が開き、男がひとり顔を出した。門弟らしい若い武士である。

「真野（まの）、開けてくれ」

佐川が言うと、戸が大きく開けられた。真野と呼ばれた男は、門弟らしい。道場内に残っていたのだろう。

佐川たち三人が開いた戸の間から道場内に入ると、すぐに戸は閉まり、辺りは静かになった。

「近付いてみるか」

唐十郎が、弥次郎に身を寄せて小声で言った。

弥次郎は、「行ってみましょう」と声をひそめて言い、唐十郎と一緒に道場にむかった。ふたりは足音を忍（しの）ばせて、道場に近寄った。戸口のそばまで来ると、道場内から男たちの声が聞こえた。

「佐川たちは、道場内にいるようです」

弥次郎が声をひそめて言った。

「大勢いるな」

唐十郎は、道場内から聞こえる物音や話し声からみて、佐川たち三人の他に何人かいるような気がした。おそらく、道場に何人かの門弟が残っていたのだろう。

唐十郎と弥次郎は、いっとき道場内の話し声に耳をかたむけていたが、大勢で話しているせいもあって、これといったことは聞き取れなかった。

ただ、気になったのは、狩谷道場の門弟たちのことだった。これまでと同じように、道場主の唐十郎や師範代の弥次郎ではなく、門弟たちを襲って通えなくすれば、狩谷道場はつぶれるはずだと口にした者がいたのである。

一緒にいた佐川が、「いずれにしろ、狩谷道場をこのままにしてはおけぬ。何としても狩谷道場を潰さねば、俺たちの道場に門弟は集まらぬ」と、語気を強くして言った。

すると、門弟のひとりと思われる男が、「門弟たちを通えなくして、狩谷道場をつぶそう」と声高に言った。つづいて、何人かの同意の声が聞こえた。

それから、佐川と門弟たちは、門弟たちの集まりが悪いこと、道場内での稽古のこと、最近行った飲み屋のことなどを話した。

唐十郎と弥次郎は足音を忍ばせて、道場の前から離れた。これ以上聞いていても、新たなことは耳にできないとみたのである。

「今日のところは、道場に帰ろう」

唐十郎が来た道を引き返しながら、弥次郎に言った。

そして、ふたりが神田川にかかる和泉橋の前まで来ると、

「稽古が終わった後、そのまま門弟たちを帰すわけにはいきませんね」

弥次郎が、唐十郎に目をやって言った。

「門弟たちから、犠牲者を出したくないからな」

唐十郎はそう言って、和泉橋を渡り始めた。

ふたりが橋を渡り終えて、狩谷道場のある松永町へ通じる道に入ったときだった。唐十郎が、弥次郎に顔をむけ、

「門弟たちに手を出すのを黙って見ている手はない。佐川道場の者たちが、待ち伏せするつもりなのが、分かったのだ。返り討ちにしてやろう」

と、語気を強くして言った。

「やりましょう！」

すぐに、弥次郎が昂(たかぶ)った声で言った。

6

唐十郎と弥次郎が佐川道場を探った翌日、自分たちの道場での稽古が終わり、

門弟たちが道場から出ていくと、

「本間、俺たちも出かけよう」

唐十郎が、弥次郎に声をかけた。

「松沢と藤村が、表で待っています」

弥次郎が、戸口に目をやって言った。

松沢と藤村は、狩谷道場の古株の門弟だった。唐十郎は、佐川道場の者たちを捕らえるなり討つなりするために、ふたりの手も借りようと思ったのだ。ただ、真剣勝負になる可能性が高いので、敵との間合を広くとって、できるだけ斬り合いには加わらないように話しておいた。

「出かけるか」

唐十郎が、松沢と藤村に声をかけた。

「お供します」

松沢が昂った声で言った。唐十郎から話を聞いて、佐川道場の者たちと真剣勝負になると思っていたのかもしれない。

「松沢と藤村は、敵との斬り合いに加わらないように間合を広くとるのだ。敵を避けることも、剣の腕のうちだ」

唐十郎が、いつになく険しい顔をして言った。

「わ、分かりました」

松沢が、声をつまらせて言った。

「行こう」

唐十郎は、あらためて松沢と藤村に声をかけた。

松沢と藤村が先にたち、唐十郎と弥次郎は半町ほども離れて和泉橋にむかった。

神田川沿いの道は、相変わらず人通りが多かった。様々な身分の老若男女が、行き交っている。

唐十郎たちは和泉橋の手前まで来ると、あらためて神田川沿いの通りに目をやった。稲垣や佐川道場の門弟たちがいないか確かめたのである。

「それらしい武士は、いないいな」

唐十郎が、弥次郎、松沢、藤村の三人に目をやって言った。

「念のため、佐川道場まで行ってみますか」

弥次郎はそう言って、傍（かたわ）らにいた松沢と藤村に目をむけた。

「行きましょう」

松沢が昂った声で言うと、そばにいた藤村もうなずいた。

唐十郎たちは和泉橋を渡り、武家屋敷のつづく通りから町人の住む岩本町を過ぎて別の武家地に入った。すこし歩くと、佐川道場が見えてきた。この辺りは何度も行き来した道なので、佐川道場のある場所は分かっている。

唐十郎たちは、路傍に足をとめた。佐川道場とは、まだ半町ほどの距離がある。

「道場の表戸が、一枚だけ開いているな」

唐十郎が、道場を見つめて言った。

「出入り口になっているようです。……門弟たちが、いるらしい」

同行した松沢が、身を乗り出して言った。

「かすかに物音が聞こえる。門弟たちだな。大勢ではないようだが……」

唐十郎が言うと、

「それがしが、様子を見てきます。通行人の振りをすれば、道場を探りにきたとは思わないはずです」

松沢はそう言って、ひとりで佐川道場にむかった。

唐十郎は松沢をとめようとしたが、松沢に昂奮（こうふん）した様子がなく、落ち着いていたので任せることにした。

松沢が、道場に近付いたときだった。ふいに道場の隅の板戸が開き、門弟らしい男がふたり出てきた。

何と、松沢は身を隠すでもなく、足早にふたりに近付いて話しかけた。

ふたりは足をとめ、松沢と何やら話していた。話すといっても簡単に会話を交わしただけで、ふたりの男は松沢と離れて足早に歩いていった。

様子を見ていた唐十郎、弥次郎、藤村の三人は、路傍に立ったまま松沢がもどるのを待って、

「松沢、何か知れたか」

すぐに、唐十郎が訊いた。

「はい、道場には、門弟が五、六人いるそうです」

松沢が、その場にいた唐十郎たちに目をやって言った。

「佐川と稲垣は、いないのか」

弥次郎が訊いた。

「いないようです。道場主の佐川と稲垣は、しばらく前に道場を出たそうです」

「どこへ行ったのだ」

唐十郎が、身を乗り出して訊いた。

「またいつもの小料理屋ではないかと言ってましたが……」

松沢は首を傾げた。どこにある小料理屋か、聞けなかったのだろう。

「その小料理屋は、花乃屋だ！」

唐十郎が声高に言った。

松沢が、驚いたような顔をして唐十郎を見た。唐十郎がいきなり、道場主の佐川と稲垣の行き先を口にしたからだろう。

「佐川と稲垣は、花乃屋を贔屓にしていてな。道場にいないときは、花乃屋にいることが多いのだ」

唐十郎が話すと、松沢が納得したようにうなずいた。

「花乃屋に行ってみますか」

弥次郎が、唐十郎に訊いた。

「行こう。佐川と稲垣を討ついい機会かもしれん」

唐十郎はそう言って、そばにいた弥次郎、松沢、藤村の三人に目をやった。

弥次郎たち三人は、顔を見合ってうなずいた。行く気になっている。

唐十郎たちは、花乃屋のある小柳町一丁目にむかった。花乃屋まで何度も行ったことがあったので、その道筋は分かっている。

　小柳町一丁目に入り、富沢屋に近付くと、唐十郎たちは足をとめた。

「そこの富沢屋の斜向かいにある小料理屋が、花乃屋だ」

　唐十郎が、花乃屋を指差して言った。

　花乃屋には、客がいるらしい。店内から談笑の声が洩れてくる。

「店内に、佐川と稲垣がいるかどうか知りたい」

　唐十郎が言った。

「花乃屋の戸口に近付いて、店内に佐川と稲垣が来ているかどうか、探ってみますか。店内にいる者たちの話を耳にすれば、分かるかもしれません」

　そう言って、弥次郎が花乃屋に足をむけた。

　弥次郎は通行人を装い、花乃屋の近くまで行くと、歩調をゆるめて聞き耳を立てた。そして、いっときすると、店先から離れて唐十郎たちのそばに足早にもどってきた。

「いたか、佐川と稲垣は」

　すぐに、唐十郎が訊いた。

「いました！　ふたりが」

弥次郎が昂った声で言った。

「それで、ふたりは店内で飲んでいるのか」

唐十郎は、佐川と稲垣が酔っているかどうか知りたかったのだ。酒に酔っていれば、真剣勝負のおりに、動きも反応も鈍くなるはずだ。

「ふたりが、女将と思われる女と話しているのが聞こえましたが、深酔いしているかどうかは……。ただ、酒を飲んでいることは、確かだと思います」

弥次郎が、その場にいる男たちに目をやって言った。

「いずれにしろ、ふたりを討とう。今日は、いい機会だ」

唐十郎が言うと、男たちがうなずいた。

7

唐十郎たち四人は、花乃屋から半町ほど離れた道沿いで店を開いていた下駄屋の脇に身を隠した。下駄屋に客はいなかった。店の戸口近くに置かれた台の上に、赤や紫などの綺麗な鼻緒のついた下駄が並べられている。

店先に、店主の姿はなかった。客がいないので、店内にいるのだろう。

唐十郎たちがその場に身を隠して、半刻（一時間）ほど経ったろうか。この間、商家の旦那ふうの男がふたり、花乃屋から出てきただけで、佐川と稲垣は姿を見せなかった。

「出てこないなァ」

弥次郎が、生欠伸（なまあくび）を噛（か）み殺して言った。そのときだった。花乃屋に目をやっていた松沢が、

「店から誰か出てきます！」

と言って、下駄屋の脇から出ようとした。

「待て！　松沢」

唐十郎が、松沢の肩に手を当ててとめた。

花乃屋の戸口の格子戸が開いて女将が姿を見せると、その後ろから佐川と稲垣が出てきた。

佐川と稲垣は店の戸口で立ち止まり、女将となにやら言葉を交わしてから店先を離れた。女将は佐川と稲垣の姿が遠ざかると、踵を返して店内にもどった。

「佐川たちが、遠ざかります！」

松沢が、身を乗り出して言った。佐川と稲垣は、唐十郎たちが身を潜（ひそ）めている

下駄屋から半町ほども遠ざかっている。

「松沢、藤村、ふたりで、佐川たちの前にまわり込んでくれ。俺と本間は、後ろから近付く。挟み撃ちにするのだ」

唐十郎が言うと、

「承知しました！」

と、松沢が言い、藤村とふたりで走りだした。松沢と藤村は、佐川と稲垣に顔を知られていないはずだ。

唐十郎は松沢と藤村がその場から遠ざかると、弥次郎とふたりで足早に佐川たちにむかった。

一方、前を行く松沢と藤村は、佐川たちに近付くと道の端を通って追い越した。そして、佐川たちから半町ほど離れたところで足をとめた。ふたりは道のなかほどに立って、佐川と稲垣が近付くのを待っている。

松沢たちの姿を見た佐川と稲垣は、足をとめて戸惑うような顔をした。まだ、松沢と藤村が何者か知らなかったのだ。

だが、佐川はふたりの若い武士が行く手を塞いでいるのに気付き、

「あのふたり、狩谷道場の門弟にちがいない」

と、語気を強くして言った。

「相手はふたりだ。それに、道場主のような遣(つか)い手(て)とは思えぬ。ふたりを返り討ちにしてやろう」

さらに、佐川が言った。

「いいだろう。狩谷道場のやつらを、あの世に送ってやる」

稲垣が、行く手に立ち塞がっている松沢と藤村を睨むように見据えて言った。

佐川と稲垣が松沢たちに近付いたとき、背後で走り寄る足音が聞こえた。佐川が振り返り、

「道場主の狩谷と、師範代の本間だ！」

と、声を上げた。

その声で、稲垣も背後を振り返った。

「やつら、俺たちを挟み撃ちにする気だぞ！」

と、稲垣が叫んだ。

「道の端に寄れ！」

そう言って、佐川が道の端に身を寄せた。すぐに、稲垣も道の端に身を寄せ、背後からの攻撃を避けようとした。

そこへ、唐十郎と弥次郎、そして別の方向から松沢と藤村が近付いてきた。

「俺が、道場主の佐川を討つ！」

唐十郎がそう言って、佐川の前に立った。

「俺は、稲垣だ」

弥次郎は稲垣の前に立ったが、すこし間を置いている。松沢が稲垣の左手から近付いてきたからだ。

「返り討ちにしてくれるわ！」

稲垣が叫んだ。

このとき、佐川が唐十郎を見据え、

「狩谷、手を引け！　かりに、俺を斬ったとしても、門弟たちは黙っていないぞ。俺の敵（かたき）を討つために、大勢で、おぬしや狩谷道場の門弟たちを襲うぞ」

と、語気を強くして言った。

「それは、どうかな。道場主のおぬしがいなくなれば、門弟たちは道場にも来なくなるはずだ。己の肉親の敵を討つならともかく、道場の門弟が師の敵を討つために真剣勝負を挑んでくるとは思えんな。それとも、佐川道場の門弟たちは、道場主のためだったら、命をかけて敵討ちに挑むというのか」

唐十郎はそう言って、首を横に振った。

「ここで、俺がおぬしを斬る！　そうすれば、敵討ちなどせずに済むからな」

佐川はそう声を上げ、手にした刀を青眼に構えた。

すぐに、唐十郎も青眼に構え、切っ先を佐川の目にむけた。腰の据わった隙のない構えである。

青眼と青眼——。ふたりは青眼に構えて対峙したまま、すぐに仕掛けなかった。ふたりとも全身に気魄をこめ、いまにも斬り込んでいく気配を見せていた。気攻めである。

どれほど時が過ぎたのか、ふたりは敵に集中し、時間の経過の意識がなかった。

一方、弥次郎は稲垣と対峙していたが、一足一刀の間合から半間ほども離れていた。お互い、相手の構えや動きを見てから、仕掛けようと思っていたからだ。

それに、弥次郎の胸の内には、このまま仕掛けたら斬られるのは俺かもしれない、という恐れがあった。それだけ稲垣の構えには隙がなく、切っ先がそのまま弥次郎の目に迫ってくるような威圧感があったからだ。

8

そのときだった。

タアッ！　という鋭い気合が、辺りに響いた。唐十郎と対峙していた佐川が斬り込んだのだ。

青眼から真っ向へ――。

刹那、唐十郎は右手に体を寄せざま刀身を横に払った。一瞬の攻防である。

佐川の切っ先は、唐十郎の左肩をかすめて空を斬り、唐十郎の切っ先は、佐川の腹を横に斬り裂いた。

佐川の小袖が腹の辺りで横に裂け、腹に赤い血の線がはしった。

唐十郎と佐川はすれ違い、大きく間合をとってから反転した。唐十郎は素早く青眼に構え、切っ先を佐川にむけた。

一方、佐川も手にした刀を青眼に構えたが、切っ先が震えている。佐川は顔をしかめ、低い呻き声を漏らした。

佐川の小袖が腹の辺りで横に裂け、血に染まっていた。唐十郎の一撃が、佐川の胴をとらえたのだ。

「佐川、勝負あったぞ。刀を引け！」

唐十郎が声をかけた。

「まだだ！」

叫びざま、佐川が斬り込んだ。

振りかぶりざま、真っ向へ——。

だが、迅さも間合の読みもない。ただ振りかぶって斬り下ろすだけの一撃だった。

唐十郎は右手に体を寄せて佐川の切っ先を躱すと、刀を袈裟に払った。一瞬の太刀捌きである。

唐十郎の切っ先が、佐川の首をとらえた。

ビュッ、と、佐川の首から血が赤い帯のようになって飛んだ。切っ先が、首の血管を斬ったらしい。

佐川は血を噴出させながらよろめき、足が止まると腰から砕けるようにその場に倒れた。佐川は俯せになると、顔を伏せたまま首をもたげようともしなかった。首から流れ出た血が、赤い布を広げるように地面を染めていく。

一方、弥次郎は稲垣と対峙していた。

弥次郎は青眼に構え、切っ先を稲垣の目線にむけている。対する稲垣は、八双だった。腰の据わった隙のない構えである。

ふたりの間合は、およそ三間――。真剣勝負としても、すこし遠い間合である。

「いくぞ！　稲垣」

弥次郎が声をかけ、稲垣との間合を狭め始めた。

すると、稲垣は素早く後退り、弥次郎との間合が開くと、佐川のいた方に目をやった。稲垣は血塗れになって倒れている佐川を見ると、

「勝負、あずけた！」

と叫び、さらに後退って反転した。そして、抜き身を手にしたまま走りだした。逃げたのである。

「待て！　稲垣」

弥次郎が、慌てて稲垣の跡を追った。

だが、ふたりの距離は狭まらなかった。弥次郎は、半町ほども走ったろうか。

追うのを諦めて、足をとめた。

そこへ、唐十郎が近付いてきた。さらに、すこし離れた路傍で唐十郎と弥次郎に目をやり、機会を見てふたりに助太刀しようとしていた松沢と藤村も走り寄った。松沢たちふたりも斬り合いに加わりたかったようだが、真剣勝負の経験が浅いため、唐十郎たちの激しい斬り合いに、加われなかったのだ。

「お怪我は？」

松沢が、唐十郎に訊いた。

「大丈夫だ。……佐川は討ち取ったが、稲垣に逃げられたよ」

唐十郎が、そばに来た松沢と藤村に目をやって言った。

「道場主の佐川を討ち取ったのですか！」

松沢が、倒れている佐川に目をやって言った。佐川は流れ出た己の血溜りのなかで、息絶えていた。

「何とか、佐川は討てたな」

唐十郎が呟くと、

「残るのは、稲垣です」

弥次郎はそう言って、稲垣が逃げていった通りの先に目をやった。すでに、稲垣の姿はない。

「稲垣も、近いうちに討つ。……なに、稲垣の居所はすぐにつかめる。佐川はいなくなったが、門弟たちは残っている。稲垣は門弟たちのいる道場に、姿をあらわすはずだ」

唐十郎が、その場にいた弥次郎、松沢、藤村の三人を見つめて言った。

第六章　道場主

1

「本間、門弟たちが話しているのを聞いたか」

唐十郎が、道場内にいた弥次郎に声をかけた。

弥次郎は門弟たちとの稽古を終え、着替えて道場にもどったところだった。唐十郎も稽古着姿ではなかった。小袖に袴姿である。唐十郎は、母家に帰って着替えてきたのだ。

「佐川道場の話ですか」

弥次郎が、小声で訊いた。稽古のときとは違う厳しい顔をしている。

「そうだ」

唐十郎の顔も、いつになく厳しかった。

「聞いています。道場主だった佐川がいない道場に、稲垣が出入りしているようです。それも、道場主のような顔をして、門弟たちに稽古をつけているらしい」

弥次郎が、眉を寄せて言った。

「そうなのだ。……稲垣が道場主として居座るのはかまわないが、佐川と同じように、俺たちの道場を潰すために、手を打ってくるのではないかな」

「何かありましたか」

弥次郎が、訊いた。

「実はな、門弟が話しているのを耳にしたのだが、また、和泉橋を渡った先の柳原通りで、ふたりの若い武士に、跡を尾けられた門弟がいるのだ。それに、跡を尾けられただけでなく、俺たちの道場の門弟かどうか、訊かれたようだ。幸い、供を連れた武士が通りかかり、襲われることはなかったらしいが……」

唐十郎の顔に、憂慮の色があった。

「そうですか。稲垣は、佐川と同じように、この道場を潰す気かもしれませんよ」

弥次郎が、不安そうな顔をして言った。

唐十郎はいっとき黙っていたが、「おれも、そんな気がする」と、眉を寄せて呟いた。

「どうします」

弥次郎が訊いた。

「しばらく、門弟たちを柳原通りの先まで送っていくか」

唐十郎が小声で言った。

「それしかありませんね」

弥次郎が頷いた。

翌日、唐十郎は道場での稽古が終わると、神田川にかかる和泉橋を渡って帰る門弟たちを集めた。五人である。ただ、三人は和泉橋を渡ってすぐに自分の屋敷があるので、襲われる心配はないだろう。

「すでに、話を聞いていると思うが、柳原通りを渡った先で跡を尾けられ、この道場のことを訊かれた者がいるのだ。訊かれるだけならかまわんが、この道場の門弟であるかどうかを確かめて、何か危害を加えるつもりだったらしいのだ」

唐十郎はそう言った後、

「それでな。吉沢と小笠原のふたりは、岩本町の先に家があるので、何日か近くまで送っていくつもりだ」

と、言い添えた。

すると、吉沢が「有り難うございます」と言い、一緒にいた小笠原とふたりで、頭をさげた。

その後、唐十郎と弥次郎は、吉沢と小笠原につづいて道場を出た。そして、ふたりからすこし間をとって和泉橋にむかった。

神田川にかかる和泉橋は、いつものように行き来する人で賑（にぎ）わっている。唐十郎たちは、和泉橋を渡って柳原通りに出た。柳原通りは、さらに人出が多かった。様々な身分の老若男女（ろうにゃくなんにょ）が行き交っている。

和泉橋のたもとの近くが武家地になっていて、武家屋敷がつづいていた。その武家地に入っていっときすると、

「どうだ、跡を尾けている者はいるか」

唐十郎が小声で訊いた。

すると、近くにいた弥次郎が、唐十郎に身を寄せ、

「後ろからくる小袖に袴姿の若い武士ですが、武家地に入ってすぐ、姿を見掛けました。その後、ずっと俺たちの跡を尾けているような気がしますが……」

と、小声で言った。

「俺も、気付いていた。あの男、俺たちを尾けているようだ」

唐十郎が、それとなく背後に目をやった。

「どうします」

弥次郎が訊いた。

「あの男をつかまえて、話を聞いてみますか。佐川道場の門弟かもしれません」

「よし、俺たちの姿が後ろから見えない場所に入ったら、俺が道沿いにある店の脇に身を隠す。本間たちは、そのまま歩いてくれ。あの男が跡を尾けてくれば、おれが男の後ろにまわり込む」

唐十郎が弥次郎だけでなく、吉沢と小笠原にも聞こえる声で言った。

それからいっとき歩くと、唐十郎たちは道の曲がっている場所に出た。その辺りは町人地で、道沿いに店や仕舞屋（しもたや）などが並んでいる。唐十郎は曲がっている道に踏み込み、すこし歩いたところで背後を振り返った。まだ、後ろからくる男の姿は見えない。

「本間たちは、このまま行ってくれ」

唐十郎は声をかけて弥次郎たちから離れ、自分だけ道沿いで店を開いていた八百屋（やおや）の脇に身を隠した。八百屋の店先の台に、葱（ねぎ）や牛蒡（ごぼう）などが並べられていた。近くに客の姿はなく、店の者も店内にいるようだ。

唐十郎が八百屋の脇に身を隠していっときすると、尾行してきたと思われる若い武士が姿を見せた。若い武士は唐十郎の姿がないので戸惑（とまど）うような顔をしたが、前方に歩いていく弥次郎たち三人の姿を目にしたらしく、跡を尾け始めた。

唐十郎は若い武士が八百屋から半町ほど離れると、通りに出た。そして、足早に若い武士の跡を追った。

若い武士は、唐十郎が背後から追ってくるのに気付かずに、弥次郎たちの跡を尾けていく。ふいに、若い武士が、足をとめて振り返った。唐十郎の足音を耳にしたのかもしれない。

若い武士は唐十郎の姿を目にしたらしく、慌てて通り沿いに並ぶ店や仕舞屋などに目をやった。逃げ場を探したらしい。

若い武士が逃げようとしているのに気付いた唐十郎は後方から、弥次郎たちは前方から若い武士に近付いた。

若い武士は、道沿いにあった一膳飯屋の脇に逃げ込もうとしたようだが、その場に立ったままだった。一膳飯屋の脇に身を隠しても、通りから見えると思ったらしい。

唐十郎たちは、路傍に立っている若い武士に近付くと、

「手荒なことはせぬ。訊きたいことがあるだけだ」

唐十郎が、おだやかな声で言った。

2

唐十郎たちは通り沿いにあった表戸を閉めた仕舞屋の脇に、若い武士を連れていった。道沿いにある一膳飯屋の脇だと、通りから見えるからだ。

仕舞屋はひっそりとして、人のいる気配がなかった。空き家らしい。店屋だったようだが、今は商(あきな)いをやめ、住人もいないようだ。

唐十郎は若い武士の脇に立ち、

「おぬしの名は」

と、訊いた。弥次郎、吉沢、小笠原の三人は、若い武士を取り囲むように立っていた。若い武士は口をつぐんだまま、体を小刻みに震わせている。

「名は！」

唐十郎が、語気を強くして訊いた。

「た、田端(たばた)、栄次郎(えいじろう)……」

若い武士が、声をつまらせて名乗った。

「田端、俺たちの跡を尾けてきたようだが、何のためだ」

唐十郎が、静かな声で訊いた。

「い、行き先を、つきとめようと……」

田端は名乗ったことで、隠す気も薄れたようだ。

「俺たちの行き先をつきとめようとしたのなら、おぬしの考えではあるまい」

唐十郎が、田端を睨むように見据えて訊いた。

田端は戸惑うような顔をして黙っていたが、

「ど、道場主に……」

と、声をつまらせて言った。

「稲垣か」

唐十郎の顔が険しくなった。

「そうです」

田端が小声で言った。

「稲垣は、佐川に代わって道場主になったようだな」

唐十郎が、虚空を睨むように見据えて言った。

稲垣は、佐川道場の食客のような立場だったが、道場主の佐川と師範代の田崎が死んだ後、道場主に収まったらしい。

「近ごろ、門弟たちは稲垣道場と呼んでいます」

そう言って、田端が首を竦めた。

「稲垣道場か……」

唐十郎はそう呟いた後、

「稲垣も、俺たちの道場を目の敵にしているのか」

と、田端を見据えて訊いた。

田端は戸惑うような顔をして口をつぐんでいたが、

「そのようです」

と、小声で言った。

「稲垣は、なぜ、俺たちの道場を目の敵にしているのだ」

唐十郎に代わって、弥次郎が身を乗り出すようにして訊いた。

「稲垣道場の門弟が、あまり集まらないのは、狩谷道場があるからだ、と口にしてましたが……」

田端が小声で言った。

「違うな。俺たちの道場があるから、稲垣道場に門弟が集まらないのではない。

……稲垣道場は、まともな稽古をしていないからだ。何度も稲垣道場を見ているが、門弟たちがまともな稽古をしているのを見たことがないぞ。……佐川道場から稲垣道場に道場名が変わったようだが、以前と同じようにまともな稽古をしていないのではないか」

唐十郎が田端を見据えて言った。

「近ごろ、稽古をするようになりましたが……」

田端が戸惑うような顔をして呟いた。

「道場主の稲垣は稽古中、道場内にいて、門弟たちを指南しているのか」

唐十郎が声をあらためて訊いた。

田端は言いにくそうな顔をして黙っていたが、

「道場に、いないときもありますが……」

と、首をすくめて言った。

「稽古中、道場にいないで、どこへ行っているのだ」

唐十郎の語気が強くなった。

「酒好きで、飲みにいっているようです」

田端の声が、さらにちいさくなった。

「何処へ、飲みにいっているのだ」

「く、詳しいことは……」

田端はそう呟いて、口を閉じてしまった。

唐十郎はいっとき間をとってから、

「花乃屋ではないか」

と、店の名を出して訊いた。

田端は唐十郎に目をやり、「よく、御存知で……」と声をひそめて言った。稲垣の行き先の小料理屋まで知っているとは、思わなかったのだろう。

「やはり、花乃屋か」

唐十郎がそう呟いた後、口を閉じていると、

「でも、今日はまだ道場にいます。稲垣さまは、それがしがもどるころまで、道場にいると言っていましたから」

田端が言った。

「門弟たちも、いるのか」

唐十郎が、念を押すように訊いた。

「陽が沈むころまでは、何人か残って稽古をしているはずです」

「そうか。……道場まで行っても仕方ないな」

唐十郎は足をとめた。道場の近くまで行っても、門弟たちに気付かれないように身を隠しているしかないと思ったのだ。

「どうします」

弥次郎が、唐十郎に訊いた。吉沢と小笠原も弥次郎のそばに立って、唐十郎に目をむけている。

「ところで、門弟たちは、いつごろ帰るのだ」

唐十郎が、声をあらためて訊いた。

「門弟たちは、陽が沈むころに帰るはずです」

「そうか」

唐十郎は、西の空に目をやった。

七ツ半（午後五時）ごろだろうか。あと、半刻（一時間）もすれば、陽は家並の向こうに沈むだろう。

「田端、命は惜しいか」

唐十郎が、田端を見据えて訊いた。

「た、助けて……」

田端が、声を震わせて言った。顔から血の気が引いている。この場で、唐十郎に斬られると思ったらしい。

「田端、命が惜しかったら、この場からおまえの家に帰れ。いいか、明日まで家にいて、道場には顔を出すなよ」

唐十郎が語気を強くして言った。

「そ、そうします」

田端は、後退った。そして、唐十郎たちと離れると、反転して走りだした。その場から逃げたのである。

唐十郎、弥次郎、吉沢、小笠原の四人は、路傍に立ったまま田端の後ろ姿を見ていたが、通り沿いの家並の先に姿が消えると、

「せっかくここまで来たのだ。陽が沈むまで、稲垣が道場から出て来るのを待つか。機会があれば、稲垣を討てるかもしれない。……なに、稲垣は田端が道場にもどらなくても、道場を出るはずだ」

唐十郎が言うと、弥次郎たち三人がうなずいた。

唐十郎たちは、道場から一町ほど離れた道沿いにあった仕舞屋の陰に身を隠した。古い家で、表戸が閉めてある。住人はいないらしい。恐らく、家を建て替えるまで、家の持ち主は別の住居で暮らしているのだろう。

唐十郎たちは、仕舞屋の陰から道場に目をやっていた。遠方なので、道場内の人声や物音は聞こえないが、通りに出て来れば、姿は見えるはずだ。

3

道場の表戸の一枚が開いて、門弟と思われる若い武士がひとり姿を見せた。いや、ひとりではない。つづいて、ふたり道場から出てきたのだ。

門弟らしい三人は通りに出ると、何やら話しながら唐十郎たちが身を隠している仕舞屋の方に歩いてくる。

「俺が、あの三人に訊いてみます。狩谷様たちは、ここにいてください」

弥次郎が言った。

門弟らしい三人は、唐十郎たちには気付かずに近付いてくる。

弥次郎は小走りに門弟たちのいる方にむかった。後に残った唐十郎たちは、仕舞屋の陰に身を寄せたまま弥次郎に目をむけている。

「道場から、誰か出てきます！」

吉沢が身を乗り出して言った。

弥次郎は門弟らしい三人に近付くと、何やら声をかけた。そして、三人と話しながら歩いてきた。

弥次郎は三人と共に、唐十郎たちが身を隠している仕舞屋の前を通り過ぎた。三人は弥次郎と話しながら歩いていたこともあって、唐十郎たちには気付かなかったようだ。

弥次郎は唐十郎たちから半町ほど離れたところで、足をとめた。そして、門弟たち三人がすこし離れるのを待ってから踵（きびす）を返し、小走りに唐十郎たちのいる場にもどってきた。

「どうだ、何か知れたか」

唐十郎が、弥次郎に訊いた。

「い、稲垣は、道場内にいるようです」

弥次郎が、声をつまらせて言った。急いで来たので、息が切れたらしい。

「道場にいるのか！」

唐十郎が身を乗り出して言った。

「それに、稲垣は間もなく道場を出るのではないかと言ってましたが」

「何処へ、行くつもりなのだ」

唐十郎が訊いた。

「店の名は言いませんでしたが、馴染みの店に一杯飲みに行くようです」

「花乃屋だな」

唐十郎が言うと、その場にいた吉沢と小笠原もうなずいた。

「よし、稲垣を討ついい機会だ。道場から出てくるのを待って、稲垣を討とう。稲垣さえ討ち取れば、道場の門を閉じるだろうし、俺たちの道場の門弟に手を出すこともなくなるはずだ」

「今日こそ、稲垣を討ちましょう」

弥次郎が、道場を見据えて言った。

「近くに、身を隠す場所があるといいのだが」

唐十郎が、辺りに目をやって言った。何人もの武士が路傍に立ったままだと、通りかかった者が不審に思うだろう。不審に思うだけならいいが、騒ぎ立てると道場の門弟の耳にもとどき、唐十郎たちが待ち伏せしているのに気付くかも知れない。

「そこの板塀の陰は、どうです」

弥次郎が、道沿いにあった平屋造りの家を指差して言った。

家には子供がいるらしく、幼児らしい泣き声と女のあやす声が聞こえた。女は幼児の母親にちがいない。

「板塀の陰に隠れよう」

唐十郎が言い、その場にいた男たちは板塀の陰にまわった。そこは狭く、唐十郎たちは四人もいたので、すこし窮屈だった。

唐十郎たちがその場に身を隠してしばらくすると、

「出てきた!」

と、弥次郎が身を乗り出して言った。

「稲垣ひとりではないぞ」

唐十郎は、稲垣につづいて門弟と思われる武士が道場から出てくるのを目にしたのだ。

「門弟が、三人一緒だ!」

弥次郎が言った。

「迂闊に仕掛けられないぞ」

唐十郎が、その場にいた男たちに目をやって言った。相手は四人である。道場主の稲垣と門弟らしい男の三人。下手に仕掛けると、返り討ちになる。

「どうします」

弥次郎が訊いた。その場にいた吉沢と小笠原も、唐十郎に顔をむけ、次の言葉を待っている。

「跡を尾けよう。どこかで、稲垣は門弟たちと分かれるはずだ」

唐十郎が言った。稲垣は道場を出て、一杯やりに行くのではあるまいか。そうであれば、門弟たちが一緒ではないだろう。

「今から出かけるとなると、飲み屋かもしれない」

弥次郎が小声で言った。

「飲みに行くなら、花乃屋だな」

唐十郎が言うと、弥次郎がうなずいた。弥次郎も、花乃屋と思ったようだ。

稲垣と門弟三人が道場を出てしばらく歩くと、ふたりの門弟が稲垣から離れた。ふたりは、それぞれの家に帰るらしい。

稲垣は残ったひとりの門弟と一緒に花乃屋のある小柳町の方にむかった。

「仕掛けますか。稲垣と門弟ひとりになりました」

弥次郎が、身を乗り出して言った。

「待て、この辺りはまずい。人通りが多過ぎる」

唐十郎がとめた。武士の姿はすくなかったが、町人が行き交っていた。女子供の姿も目につく。人通りの多い場所で、仕掛けることはできない。

それからいっとき歩くと、行き交う人の姿があまり見られなくなり、通り沿い
の店屋もすくなくなった。

「この辺りで、仕掛けますか」

弥次郎が唐十郎に訊いた。

「よし！　この辺りで仕掛けよう」

唐十郎がその場にいた弥次郎、吉沢、小笠原の三人に目をやって言った。

4

「俺と吉沢とで、稲垣と門弟の前に出る。本間と小笠原は、稲垣たちの後ろから
近付いてくれ」

唐十郎が、弥次郎と小笠原に目をやって言った。

「承知しました」

弥次郎が言うと、脇にいた小笠原がうなずいた。

「無理をするなよ。ここで仕留められず、逃げられてもかまわん。日を替えて、稲垣の道場に行けば、稲垣も門弟もいるはずだ」

「承知しました」

弥次郎が言った。

「吉沢、行くぞ！」

唐十郎が声をかけ、吉沢とふたりで小走りに前を行く稲垣と門弟の跡を追った。

一方、弥次郎と小笠原はすこし足早になり、稲垣と門弟に背後から近付いていく。

唐十郎と吉沢は稲垣たちに近付くと、さらに足を速めた。そして、通りの脇を通って稲垣たちの前にまわり込んだ。

稲垣と門弟は、唐十郎たちの姿を見て驚いたような顔をして立ち止まった。

「狩谷だ！」

稲垣が声を上げた。脇にいた門弟は、戸惑うような顔をして唐十郎と吉沢に目をやった。そして、逃げ場を探そうとして背後に顔をむけた。

「後ろからも来ます！」

門弟は、背後から迫ってくる弥次郎と小笠原を目にしたようだ。

「挟み撃ちか！」

稲垣が声を上げた。そして「後ろから逃げるぞ！」と一緒にいた門弟に声をかけて踵を返した。門弟は、稲垣の後につづいた。

「待て！」

唐十郎が声をかけ、吉沢とふたりで稲垣たちの跡を追った。

このとき、弥次郎は抜刀し、

「小笠原、無理をするな。稲垣たちの足をとめるだけで、いい」

と、そばにいた小笠原に言った。下手に仕掛けると、返り討ちに遭う恐れがあったのだ。小笠原は、緊張した面持ちで刀を抜いた。そして、一歩身を引いた。

弥次郎に言われたように、稲垣たちの足をとめるだけにするつもりだった。

「そこをどけ！」

稲垣が叫んだ。そして、弥次郎のそばにいた小笠原の前に走り寄り、「斬るぞ！」と叫んで、手にした刀の切っ先をむけた。稲垣は、小笠原なら自分の手で斬れると踏んだのかもしれない。

小笠原は青眼に構え、切っ先を稲垣にむけた。だが、その切っ先がかすかに震えていた。真剣勝負の経験のない小笠原は、稲垣に切っ先をむけられて体が硬(かた)くなり、刀を握(にぎ)った両腕に力が入り過ぎているのだ。

これを目にした弥次郎が、

「小笠原、肩の力を抜け！」

と、叫んだ。

小笠原は稲垣から一歩身を引き、あらためて青眼に構えなおした。

このときだった。稲垣は一歩踏み込みざま、タアッ！　と鋭(するど)い気合を発し、小笠原にむかって斬り込んだ。

振りかぶりざま、袈裟(けさ)へ――。

一瞬、小笠原は右手に体を寄せて、稲垣の切っ先をかわそうとした。だが、間に合わなかった。

ザクリ、と小笠原の左肩から胸にかけて小袖が裂(さ)けた。小笠原は顔をしかめて身を引いた。だが、それほどの深手ではなかった。左肩が血に染まったが、皮肉を浅く裂かれただけである。

唐十郎は小笠原が稲垣に斬られたのを目にし、

「俺が相手だ！」

と叫び、稲垣の左手から踏み込み、手にした刀で袈裟に斬り込んだ。素早い動きである。唐十郎の切っ先が、稲垣の左肩から胸にかけて小袖を斬り裂いた。稲垣は慌てて身を引いた。裂けた小袖にかすかに血の色があったが、かすり傷らしい。

稲垣は唐十郎との間が開くと、

「引け！　引け！」

と、声を上げた。

だが、同行した門弟は、蹲ったまま動かなかった。肩から胸にかけて小袖が裂け、血に染まっている。

稲垣は同行した門弟にかまわず、ひとりで逃げた。

唐十郎たちは、逃げる稲垣を追わなかった。下手に追うと、返り討ちに遭う恐れがあったのだ。それに、稲垣の行き先は分かっていた。己の道場である。

唐十郎は蹲っている門弟のそばに立つと、「おぬしの名は」と、小声で訊いた。

門弟は唐十郎を見上げ、

「も、森田三郎……」

と、声を詰まらせて名乗った。

「森田、浅い傷だ。命にかかわるようなことはない。すぐに家に帰って、晒でも巻いてもらえ」

唐十郎が声をかけると、森田は左手で傷口近くの小袖を押さえて立ち上がった。そして、唐十郎に頭を下げてから、その場を離れた。

5

森田の姿が遠ざかると、その後ろ姿に目をやっていた吉沢が、

「これから、どうします」

と、その場にいた男たちに目をやって訊いた。

「稲垣道場に、稲垣がもどっているかどうか見てみますか。稲垣がいれば、その場で討てるかもしれません」

弥次郎が言うと、

「道場に門弟たちがいると、返り討ちに遭う恐れもあるが、ともかく、道場に行って見てみよう」

唐十郎が険しい顔をして言った。

唐十郎たちは稲垣道場に足をむけた。その場から遠くないので、いっとき歩くと稲垣道場が見えてきた。

唐十郎たちは路傍に足をとめて、稲垣道場に目をやった。道場の表戸は閉めてある。

「稲垣は、戻っているかな。ともかく、道場に近付いてみよう」

唐十郎が言い、道場に近付いた。

道場はひっそりとして、人声も物音も聞こえなかった。

「誰もいないようだ」

唐十郎が、道場の近くに足をとめて言った。

「稲垣は、俺たちが様子を見に道場まで来ると思い、ここには来なかったのかもしれない」

弥次郎がつぶやいた。

唐十郎はうなずいた後、

「出直すか。焦(あせ)ることはない。ここは、稲垣の城と言っていい。ここを捨てて身を隠したのでは、勝負に負けたのを認めたようなものだ。門弟たちは集まらず、道場は潰れたのと同じだ」

そう言い添えると、その場にいた弥次郎たちがうなずいた。

翌日、狩谷道場での稽古が終わると、唐十郎と弥次郎、それに吉沢と小笠原の四人は道場を出て、岩本町の南方の武家地にある稲垣道場にむかった。何とかして稲垣を討ち取り、狩谷道場の門弟たちが襲われないようにしたかったのだ。

唐十郎たちは、神田川にかかる和泉橋を渡った。そして、武家地に入っていっとき歩くと、道沿いにある稲垣道場が見えてきた。

唐十郎たちは、稲垣道場から一町ほど離れた路傍に足をとめ、改めて稲垣道場に目をやった。道場の表の板戸は閉まっていたが、何人か道場内にいるらしく、足音や話し声が聞こえた。

「稲垣はいるかな」

唐十郎が、道場を見据えてつぶやいた。

「様子を見てきます」

弥次郎が言い、通行人を装って道場に近寄った。そして、表戸に身を寄せて聞き耳をたて、道場内の物音や話し声を聞いているようだったが、いっときすると唐十郎たちのいる場にもどってきた。

「稲垣は、道場にいないようです」

弥次郎によると、道場内にいるのは二、三人の門弟らしく、剣術の稽古ではなく、女のことでお喋り(しゃべ)りをしていたという。

「稲垣のことは、話に出なかったのか」

唐十郎が、念を押すように訊いた。

「道場主の稲垣のことも話してました。門弟のひとりが、道場主はまた馴染みの女のところに行ったらしい、と口にしました」

「馴染みの女というと……」

唐十郎が首を傾(かし)げた。

「小料理屋の女将のことらしい」

「花乃屋か！」

唐十郎の声が、大きくなった。

弥次郎は、唐十郎たちに目をやってうなずいた。

「稲垣は佐川と一緒に花乃屋に出入りしていたことがあるので、女将とも馴染みだったのだな」

「どうします。花乃屋まで行ってみますか」

弥次郎が訊いた。

「いや、花乃屋まで行かずに、この近くで稲垣を待とう。今から、花乃屋のある小柳町一丁目まで行くと、行き違いになるかもしれん」

唐十郎が言うと、その場にいた男たちがうなずいた。

唐十郎たちは長丁場になることを予想し、近くにある一膳飯屋に交替で行き、腹拵(はらごしら)えをしてくることにした。

唐十郎たちが交替でその場を離れ、一膳飯屋に行くようになってから一刻（二時間）ほど経ったろうか。まだ、稲垣は姿を見せなかった。

辺りは、薄暗くなっていた。暮れ六ツ（午後六時）を過ぎている。

そのとき、道場に目をやっていた吉沢が、

「道場から、出てきました！」

と、身を乗り出して言った。

道場の脇の板戸が一枚だけ開き、そこから若い武士がふたり姿を見せた。ふたりは門弟らしい。

ふたりは何やら話しながら、唐十郎たちのいる方へ歩いてくる。

「俺が、あのふたりに訊いてきます」

弥次郎が言い、足早に道場の方にむかった。その場に残った唐十郎、吉沢、小笠原の三人は、すぐに一膳飯屋の脇に行って身を隠した。その場だと、通りからは見えないのだ。唐十郎たち三人は、一膳飯屋の脇に身を寄せて聞き耳をたてた。弥次郎と門弟のやり取りを聞き取ろうと思ったのだが、弥次郎たち三人の話し声がかすかに耳にとどいただけで、話の内容まで聞き取れなかった。

弥次郎たちが遠ざかり、話し声も足音も聞こえなくなった。それからいっときすると、走り寄る足音が聞こえた。そして、弥次郎が姿を見せた。

「やはり、道場に稲垣はいないようです」

すぐに、弥次郎が言った。

「それで、稲垣はどこに行っているのだ」

唐十郎が訊いた。

「花乃屋のようです。道場主の行き先は馴染みの小料理屋らしい、と言ってました」

「そうか。……これから花乃屋に行くと、だいぶ遅くなるな。それに、途中行き違いになる恐れもある」

唐十郎が、その場にいた男たちに目をやって言った。

「今日はこのまま帰り、明日、出直しますか」

弥次郎が訊いた。

「そうするか。……焦ることはない。稲垣は道場から姿を消すようなことはないはずだ。稲垣にすれば、道場主に収まって門弟たちを集め、稲垣道場とまで言われるようになったのだからな。稲垣にとって、道場は自分の城と言ってもいい。そう簡単に、自分の城を手放さないだろう」

唐十郎が言うと、そばにいた男たちがうなずいた。

6

翌日、狩谷道場での稽古が終わり、門弟たちが道場を出ていった後、唐十郎、弥次郎、吉沢、小笠原の四人は、稲垣道場にむかった。

稲垣を討たねば、狩谷道場の門弟から何人もの犠牲者が出るだろう。そして、唐十郎や弥次郎の命も狙ってくるにちがいない。唐十郎たちは道場の門弟を守るだけでなく、己の命も守らねばならないのだ。

吉沢と小笠原は他の門弟と変わらぬ狩谷道場の門弟のひとりだったが、唐十郎たちとともに事件にかかわった経緯から、今日も稲垣道場にむかったのである。

「何としても、稲垣を討たねばな。このままだと、俺たちの道場の門弟たちから、何人もの犠牲者が出る。稲垣さえ討てば、稲垣道場は門を閉じ、俺たちの道場の門弟が襲われるようなことはなくなるはずだ。門弟たちの命を守るためには、稲垣を討たねばならぬ」

唐十郎は意を決しているらしく、声に強い響きがあった。同行している弥次郎たち三人の顔にも、強い決意の色がある。

唐十郎たちは、神田川にかかる和泉橋を渡って武家地に入った。そして、いっとき歩くと、前方に稲垣道場が見えてきた。通りに面した道場の表戸は閉めてある。

唐十郎たちは、稲垣道場からすこし離れた路傍に足をとめた。

「道場に、誰かいるようです」

吉沢が身を乗り出して言った。

「門弟ではないかな。近頃、まともな稽古はしていないようだが、道場に来る門弟も何人かいる。それに、今日はいつもより早いので、稲垣も道場にいるかもしれんぞ」

唐十郎が道場を見ながら言うと、

「それがしが、見てきましょうか」

吉沢がそう言って、その場を離れようとした。だが、その足はすぐにとまった。道場の脇の戸が一枚だけ開けられ、門弟と思われる若い武士がふたり姿を見せたのだ。ふたりは、唐十郎たちには気付かないらしく、唐十郎たちのいる方にむかって歩きだした。

「身を隠して下さい！　それがしが、あのふたりに訊いてみます」

吉沢が小声で言い、ゆっくりとした歩調でふたりの門弟に近付いていった。

唐十郎、弥次郎、小笠原の三人は、慌てて道沿いにあった仕舞屋の脇に身を隠した。

吉沢はふたりの門弟に近付くと、何やら声をかけ、ふたりと肩を並べて歩きだした。そして、話しながら歩いてくる。ふたりの門弟には吉沢を警戒している様子はなく、笑い声なども聞こえた。おそらく、吉沢が砕けた話でもして、ふたりの気持ちを和ませたのだろう。

吉沢はふたりの門弟といっとき歩いて足をとめた。そして、ふたりの門弟がすこし離れてから踵を返し、唐十郎たちのいる場にもどってきた。

「吉沢、何か知れたか」

すぐに、唐十郎が訊いた。

「は、はい、稲垣は道場にいるそうです」

吉沢が声をつまらせて言った。慌てているらしい。

「今も、道場にいるのか」

唐十郎が念を押した。

「いるそうです。しかも、稲垣は間もなく道場を出るようです。……話を聞いたふたりは、はっきり言いませんでしたが、行き先は馴染みにしている情婦のところらしい、と洩らしました」

「花乃屋か！」

唐十郎の声が、大きくなった。

「そのようです」

吉沢が、その場にいた弥次郎と小笠原のふたりにも目をやって言った。

「稲垣はひとりで、花乃屋に行くはずだ。まさか、情婦のところに門弟を同行するようなことはあるまい」

唐十郎が言うと、弥次郎たちが頷いた。

「いい機会だ。稲垣がひとりで道場を出たところを襲って、討とう！」

唐十郎は、その場にいた男たちに、さきほどと同じように仕舞屋の脇に身を隠すようにと話した。

唐十郎たちが身を隠していっときすると、道場の脇の板戸が開き、男がふたり姿を見せた。

「稲垣だ！」

唐十郎が、声をひそめて言った。

稲垣と一緒に道場から出てきたのは、若い武士だった。おそらく、門弟のひとりだろう。若い武士は道場を出たところで足をとめ、稲垣に頭を下げてから足早に離れていった。ひとりになった稲垣は、唐十郎たちに近付いてきた。身を隠している唐十郎たちに気付かないようだ。

稲垣が仕舞屋の前まで来たとき、唐十郎たちは一斉(いっせい)に飛び出した。

唐十郎と吉沢が稲垣の前に、弥次郎と小笠原が背後に――。一瞬、稲垣はその場に棒立ちになった。何者が飛び出してきたのか、分からなかったようだ。

だが、稲垣は前に立った唐十郎を見て、

「狩谷道場の奴等(やつら)か！」

と、目をつり上げて叫んだ。

「稲垣、観念しろ！」

唐十郎が声を上げた。そして、刀を抜いて切っ先を稲垣にむけた。

吉沢はすこし身を引いてから、抜刀した。この場は、唐十郎に任せようと思ったらしい。当然、唐十郎が危ういとみれば、闘いにくわわるだろう。

稲垣の背後にまわった弥次郎も、抜刀すると正眼に構えて切っ先をむけた。すこし、稲垣との間合を広くとっている。一方、小笠原は抜き身を手にしたまま弥次郎の脇にひかえている。

「大勢で取り囲んで、斬る気か！」

稲垣が顔をしかめて言った。

「おぬしを斬るのは、俺だ！」

唐十郎はそう言って、一歩踏み込んだ。

「おのれ！」

稲垣は叫びざま一歩身を引いた。斬り込むことのできる間合から、離れたのである。だが、唐十郎はさらに一歩踏み込み、タァッ！　と鋭い気合を発して斬り込んだ。

振りかぶって袈裟へ――。素早い一撃である。

稲垣はさらに身を引いたが、一瞬遅れた。

ザクッ、と稲垣の小袖が肩から胸にかけて裂け、肩口から血が吹いた。唐十郎の刀の切っ先が、切り裂いたのである。

稲垣は呻(うめ)き声を上げて、よろめいた。

「とどめだ！」

唐十郎はさらに一歩踏み込み、手にした刀を横に払った。

唐十郎の切っ先が、稲垣の首をとらえた。稲垣の首から血が噴出し、腰から崩れるように転倒した。

稲垣は地面に俯(うつぶ)せに倒れた。悲鳴も呻き声も上げなかった。体が痙攣(けいれん)するように震えていたが、いっときすると動かなくなった。

「死んだ……」

唐十郎はそう言うと、手にした刀を一振りした。そうやって、刀身に付着した血を払ってから、刀を鞘(さや)に納め、

「これで、始末がついたな」

と、その場にいた弥次郎、吉沢、小笠原の三人に声をかけた。

「はい、これで、何の心配もなく稽古に励(はげ)めます」

吉沢が言うと、そばにいた弥次郎と小笠原が、顔を見合ってうなずいた。三人の顔には、安堵(あんど)の表情があった。

「明日から、道場での稽古が楽しみだな」

唐十郎が目を細めて言った。

鬼剣逆襲　介錯人・父子斬日譚

一〇〇字書評

切り取り線

購買動機（新聞、雑誌名を記入するか、あるいは○をつけてください）	
□（　　　　　　　　）の広告を見て	
□（　　　　　　　　）の書評を見て	
□ 知人のすすめで	□ タイトルに惹かれて
□ カバーが良かったから	□ 内容が面白そうだから
□ 好きな作家だから	□ 好きな分野の本だから

・最近、最も感銘を受けた作品名をお書き下さい

・あなたのお好きな作家名をお書き下さい

・その他、ご要望がありましたらお書き下さい

住所	〒				
氏名		職業		年齢	
Eメール	※携帯には配信できません		新刊情報等のメール配信を 希望する・しない		

この本の感想を、編集部までお寄せいただけたらありがたく存じます。今後の企画の参考にさせていただきます。Eメールでも結構です。

いただいた「一〇〇字書評」は、新聞・雑誌等に紹介させていただくことがあります。その場合はお礼として特製図書カードを差し上げます。

前ページの原稿用紙に書評をお書きの上、切り取り、左記までお送り下さい。宛先の住所は不要です。

なお、ご記入いただいたお名前、ご住所等は、書評紹介の事前了解、謝礼のお届けのためだけに利用し、そのほかの目的のために利用することはありません。

〒一〇一-八七〇一
祥伝社文庫編集長　清水寿明
電話　〇三（三二六五）二〇八〇

祥伝社ホームページの「ブックレビュー」からも、書き込めます。

www.shodensha.co.jp/bookreview

祥伝社文庫

鬼剣逆襲(きけんぎゃくしゅう)　介錯人(かいしゃくにん)・父子斬日譚(ふしざんじつたん)

令和4年9月20日　初版第1刷発行

著者　鳥羽亮(とばりょう)
発行者　辻　浩明
発行所　祥伝社(しょうでんしゃ)
東京都千代田区神田神保町3-3
〒101-8701
電話　03（3265）2081（販売部）
電話　03（3265）2080（編集部）
電話　03（3265）3622（業務部）
www.shodensha.co.jp
印刷所　萩原印刷
製本所　積信堂
カバーフォーマットデザイン　中原達治

本書の無断複写は著作権法上での例外を除き禁じられています。また、代行業者など購入者以外の第三者による電子データ化及び電子書籍化は、たとえ個人や家庭内での利用でも著作権法違反です。
造本には十分注意しておりますが、万一、落丁・乱丁などの不良品がありましたら、「業務部」あてにお送り下さい。送料小社負担にてお取り替えいたします。ただし、古書店で購入されたものについてはお取り替え出来ません。

Printed in Japan ©2022, Ryō Toba　ISBN978-4-396-34841-0 C0193

祥伝社文庫の好評既刊

鳥羽亮　はみだし御庭番無頼旅

外様藩財政改革派助勢のため、奥州路を行く〝はみだし御庭番〟。迫り来る反対派の刺客との死闘、白熱の隠密行。

鳥羽亮　血煙東海道　はみだし御庭番無頼旅②

初老の剛剣・向井泉十郎、若き色男・植女京之助、そして紅一点の変装名人・おゆらが、父を亡くした少年剣士に助勢！

鳥羽亮　中山道の鬼と龍　はみだし御庭番無頼旅③

火盗改の同心が、ただ一刀で斬り伏せられた！　公儀の命を受けた忍び三人は、剛剣の下手人を追い倉賀野宿へ！

鳥羽亮　奥州乱雲の剣　はみだし御庭番無頼旅④

長刀をふるう多勢の敵を、庭番三人はいかに切り崩すのか？　流派の対立を超えた陰謀を暴く、規格外の一刀！

鳥羽亮　箱根路闇始末　はみだし御庭番無頼旅⑤

飛来する棒手裏剣……修験者が興した謎の流派・神出鬼没の〝谷隠流〟とは？　忍び対忍び、苛烈な戦いが始まる！

鳥羽亮　悲笛の剣　介錯人・父子斬日譚

その剣はヒュル、ヒュルと物悲しい笛の音のよう——野晒唐十郎の若き日と生前の父を描く、待望の新シリーズ！

祥伝社文庫の好評既刊

鳥羽 亮

迅雷（じんらい） 介錯人・父子斬日譚②

頭を斬り割る残酷な秘剣遣いを討つべく、唐十郎とその父の鍛錬の日々が始まる。隠れ家を転々とする敵は何処（いずこ）に？

鳥羽 亮

仇討双剣（あだうちそうけん） 介錯人・父子斬日譚③

父の敵（かたき）を討ちたいという幼子ふたりに、唐十郎の父・狩谷桑兵衛（かりやそうべえ）が授けた策とは？ 貧乏道場の父子、仇討ちに助太刀（すけだち）す！

鳥羽 亮

剣鬼攻防 介錯人・父子斬日譚④

練達の道場主が闇討ちに遭い、斬り捨てられた。その遺児源之助（げんのすけ）に助太刀して、唐十郎らが凶悪な剣鬼を討つ！

鳥羽 亮

追討（ついとう） 介錯人・父子斬日譚⑤

兇刃に斃れた天涯孤独な門弟のため、唐十郎らは草の根わけても敵を討つ！ 野晒唐十郎の青春譚第五弾！

鳥羽 亮

虎狼狩り（ころうがり） 介錯人・父子斬日譚⑥

呉服屋の手代が殺され、大金が盗まれた。賊どもの悪逆非道な企みとは？ 一刀流対居合、壮絶な応酬が始まる！

鳥羽 亮
野口 卓
藤井邦夫

怒髪の雷（どはつのかみなり）

非道な奴らは許せない！ ときに己を奮い立たせ、ときに誰かを救う力となる——怒りの鉄槌が悪を衝（つ）く！

〈祥伝社文庫　今月の新刊〉

宮内悠介
遠い他国でひょんと死ぬるや
戦没詩人の〝幻のノート〟が導く南の島へ—
第70回芸術選奨文部科学大臣新人賞受賞作！

笹本稜平
K2　復活のソロ
仲間の希望と哀惜を背負い、たった一人で冬のK2に挑む！　笹本稜平、不滅の山岳小説！

西村京太郎
阪急電鉄殺人事件
事件解決の鍵は敗戦前夜に焼却された日記。
ミステリーの巨匠、平和の思い。初文庫化！

小池真理子
追いつめられて　新装版
こんなはずではなかったのに。日常のズレが
思わぬ落とし穴を作る極上サスペンス全六編。

松嶋智左
黒バイ捜査隊　巡査部長・野路明良（のじあきら）
不審車両から極めて精巧な偽造運転免許証が
見つかる。組織的犯行を疑う野路が調べると…。

馳月基矢
友　蛇杖院（じゃじょういん）かけだし診療録
蘭方医に「毒を売る薬師」と濡れ衣を着せた
のは誰だ？　一途さが胸を打つ時代医療小説。

鳥羽　亮
鬼剣（きけん）逆襲　介錯人・父子斬日譚
白昼堂々、門弟を斬った下手人の正体は？
野晒唐十郎の青春賦、最高潮の第七弾！